65 Jahre Freude am Leben – und du?

Maximilian S. Freund

65 Jahre

Freude am Leben   –   *und du?*

Zurück zum Wesentlichen: Hartz IV oder Millionär?

Teil I

Satz und Umschlaggestaltung: text + taler GmbH, Hamburg
Herstellung und Verlag: Books on Demand GmbH, Norderstedt

ISBN 978-3-8448-0388-4

Vorwort

Hallo! Ich und mein Gott in mir
grüßen dich und deinen Gott in dir.

Ein Leben mit unvorstellbaren Höhen und ebensolchen Abgründen. 42 Umzüge und spannende Abenteuer in vier Kontinenten. Viele amouröse, fantasieanregende und sexy Abenteuer. Leidenschaftliche Liebe mit Frauen jeder Abstammung. Mit zwei Ehen, fünf Kindern ausländischer Abstammung und einem süßen Enkelkind. Dazu über Hundert verschiedene aufregende, deprimierende, best- und unterbezahlte Jobs.

Schicksal oder Karma – jede Ursache hat eine Wirkung und jede Wirkung hat eine Ursache. Jede Aktion erzeugt eine bestimmte Reaktion. Aktion ist gleich Reaktion. Wie auch immer, ich versuche, hier die Aktionen und Reaktionen meines Lebens zu schildern.

Es war und ist kein einfaches, normales Leben, in dem ich wie auf einer gepflasterten Straße immer bequem hätte gehen können oder gehe, aber dafür wuchsen und wachsen auf meinem Wege immer viele interessante und schöne Blumen.

Meinen schon verstorbenen Eltern, all meinen Freunden und vor allem meiner Frau, meinen Kindern und meiner ganzen Familie habe ich es zu verdanken, dass ich diesen Weg bis heute gehen durfte und es bis hierher geschafft habe.

1.

Ich sitze hier und weine. Leise in mich eindringende Musik greift alles aus meiner tiefsten Seele und bringt es zu Tage. Alle Erlebnisse und Gedanken, fertige abgeschlossene, unfertig-offene und nicht verarbeitete, befriedete wie auch revoltierende, von vor Jahrzehnten bis zu diesem Moment.

Es sind Tränen aus tiefster Wehmut und jubilierender Freude, schwerem Leid und großem Glück, immer wiederkehrendem Unglauben und nie fehlender Hoffnung, Hadern und Dankbarkeit mit mir selbst, der ganzen Welt und meinem Gott.

Nur die Musik hat sonst noch diese Macht. Es kann ein Stück mit Klavier und Violine von Mozart sein, das „Ave Maria", gesungen von Placido Domingo, ein Duett mit Anna Netrebko und Rolando Villazon, das gefühlvoll dirigierte Orchester von André Rieu, eine Ballade von Elvis oder einfach nur seine Stimme oder die Musik und die tiefsinnigen Texte von Xavier Naidoo.

Ist es ein unglücklich verliebter Teenie, der hier spricht? Nein, ein 65 Jahre junger, glücklich verheirateter Mann, Vater von fünf Kindern und Opa. Sicherlich ein große Einladung für jeden Experten in Sachen Psychologie – aber nein, es ist das Leben! Vom Auf und Ab in unser aller Leben, dem Zwischendrin und dem Hier gibt es hier als Beispiel ein wenig von meinem.

In den Nachkriegsjahren geboren, war mein Leben in meiner Familie in den ersten 16 Jahren von Liebe und Geborgenheit, guter Erziehung und Werten geprägt, wenn auch wie üblich mit den für die Zeit normalen finanziellen Schwierigkeiten. Römisch-katholisch erzogen, Ministrant, mit vielen Onkels und Tanten, Taufpaten, Firmpaten, einem zwei Jahre jüngeren Bruder und lieben Oma und Opa.

Bei Oma und Opa wurden meistens die Ferien verbracht, besonders in den ersten Jahren. Im Schlafzimmer über ihrem Bett hing, warum auch immer, „Die nackte Maja", das Porträt von Goya, ein meiner Ansicht nach für mich Lebensbeinflussendes Werk, auch ohne dass es sich um das Original handelte.

Für das Abitur standen Fleiß, Ambition und vielleicht auch der IQ nicht im richtigen Verhältnis zueinander. Na ja, wer weiß mit 16 schon, was er werden will – so kam es zur Realschule und einer Chemielaborantenlehre. Die Realschule war ein Versuch des bayerischen Kultusministeriums und nannte sich Aufbauschule. Wir, drei Freunde, waren zusammen in einer Klasse. Alle drei hatten ihre besten Noten in Chemie und somit auch, so die logische Folgerung aller, den richtigen Beruf gewählt. Genau genommen wollten wir – vor allem unsere Eltern – Chemotechniker oder Ingenieur werden. Aber zur Sicherheit gab es erst mal zweieinhalb Jahre Lehre, dann Kurzstudium, und dies ohne ein Praktikum vorweg. Na ja, in der Realität hat dies wegen hervorragender Leistungsnachweise ein Jahr länger gedauert und die Wehrpflicht, damals noch 18 Monate lang, sowie vieles andere haben das Studium endgültig versemmelt.

Die Theorie, dass Schule und Lehre berufs- und lebensbildend sein sollen, habe ich als lernbereiter Junge auch sofort in die Praxis umgesetzt und mich in meine direkte Chefin verliebt. Sie war süß, lieb, sexy und Chemotechnikerin. Aber wie das Leben eben so will, auch Chefin, fünf Jahre älter, verheiratet, mit einem Kind und schwanger. Aber sehr hübsch, circa 160 Zentimeter groß, blond und meine erste Liebe. Die statistische Wahrscheinlichkeit einer Erfolgsgeschichte lag hier bei minus etwas. Aber schon damals kam eine meiner Stärken zum Tragen: Wenn der was will, dann bleibt er dran! Wie es sich im weiteren Leben bewies, galt dies generell, aber ganz speziell, wenn es sich um die mit der Zeit sich verfeinernde Fachkompetenz in Hinsicht auf das weibliche Geschlecht handelte.

Im täglichen Miteinander in der Firma stellte ich fest, dass das Verhältnis meiner Angebeteten zu ihrem Mann trotz Schwangerschaft weit weg von gut oder gar glücklich war. Meine Zuneigung zu ihr blieb ihr natürlich auch nicht verborgen und als sie sich nach der Geburt des zweiten Kindes trennten, ergab sich eine leichte Annäherung zwischen uns. Dann, an meinem 18. Geburtstag, nachts im Wohnzimmer ihrer Mama auf dem Sofa, das erste Mal. Die Reaktion meiner Eltern – Sohn 18, Freundin 23 mit zwei Babys – war natürlich so, wie von jedem erwartet: schwarze Wolken und Donnerwetter. Kurzerhand zog ich aus Protest von zu Hause aus und zu einer Tante meiner Freundin. Na ja, ich konnte es ja mir auch leisten, bei dem üppigen Lehrgeld. Aber es war ein Neubeginn und in meinem bisherigen ruhigen und behüteten Leben der erste von mehr als 50 Umzügen im In- und Ausland. Doch nicht lange und ich war wieder zu Hause. Papa und Mama machten es möglich und vor allem, wie immer, die Zeit, die es garantiert fertigbringt, das Pro und das Kontra in ein einvernehmliches und abschließendes Na-ja-es-könnte-schlimmer-Sein zu wandeln.

Wir wohnten damals im Münchner Norden und unser Arbeitsplatz lag ganz im Süden. Heute gut 30 Minuten mit öffentlichen Verkehrsmitteln, damals eine Reise von an die drei Stunden. Erst ein ganzes Stück zu Fuß, dann mit der Straßenbahn und zuletzt vom Hauptbahnhof aus mit dem Bus. Aber der anscheinend längere und unbequeme Arbeitsweg hatte auch seine Vorteile: eine Stunde mit dem Bus auf der letzten Bank, im Dunkel des neuen Tages. Sehr romantisch, sehr an- und aufregend, und ich war ja noch Lehrling. Unsere Gefühlswallungen fanden auch tagsüber keine wirkliche Ruhe. In unserem Pausenkämmerlein neben dem Labor mit seinen vielleicht acht Quadratmetern, einem kleinen Tisch und einem Kleiderschrank für die Labormäntel konnte auch ich der Versuchung von gefühlvollen Liebesbezeugungen nicht immer widerstehen. Wer hätte das auch gewollt, ich bestimmt nicht. Wo sonst halb volle Kaffeetassen mit einer Brotzeit standen, befand sich jetzt ein, obwohl zweimalige Mutter, zierliches Mädchen mit langem blondem Haar im weißen Mini-Labormantel. Mini mit drei Knöpfen war zu dieser Zeit Mode und das mit dem darunter hat sich bis heute nicht geändert. Also in einer dieser Vergötterungsszenen suchte uns plötzlich der Dr. Dr., Chef der Chefs, so dass wir uns zu zweit in den Kleiderschrank flüchteten und zwischen den Mänteln versteckten. Eng war's, warm, aber wahnsinnig schön. Das Geheimnisvolle und dadurch Aufregende unserer Verbindung wurde durch das Öffentlichmachen entspannter.

Nach der Scheidung von ihrem Ex und dem schon genannten Zeitfaktor hatten sich alle Verwandten, Bekannten und die, die immer glaubten, etwas sagen zu müssen, an die Idee unserer, in ihrer aller Augen ungewöhnlichen Vereinigung gewöhnt. Wir waren wie frisch verheiratet: den Babys die Windeln wechseln und Fläschchen geben, gemeinsam mit den circa ein und drei Jahre alten Mädchen im Nymphenburger Schlosspark spazieren gehen, schwimmen im Dante-Bad und Besuche bei all den vorher Genannten. Wir liebten uns ganz fest – da rief die Bundeswehr. 18 Monate Pflicht zu Müßiggang und Zeitverlust. Na ja, nicht ganz. Als Chemielaborant und somit Fachexperte kam ich natürlich zur ABC, was kein erneuter Grundschulkurs in Deutsch war, sondern die atomare, biologische und chemische Abwehrtruppe in Sonthofen. Hier durfte ich zwischen den Kuhfladen der Allgäuer Berge lernen, mit Gasmaske und Sturmgewehr unser Vaterland und im Falle eines Atombombenabwurfes mich selbst mit einer circa 3 Millimeter dicken olivgrünen Plane zu verteidigen. Gut, ich konnte als kleine Gegenleistung der BRD meinen Lastwagenführerschein machen, der sich im Moment zwar nicht genau in meine Zukunft einordnen ließ, somit vielleicht umsonst gemacht worden war, aber auf jeden Fall kostenlos war. Schön, da gab's auch noch die nächtlichen Mauersprünge mit anschließendem Stüberl-Besuch mit Livemusik in Oberstdorf. Die Anfahrt in einem alten VW mit Reifen in drei verschiedenen Größen. Wobei speziell im Winter bei den total verschneiten und vereisten Straßen immer zwei der sechs bis sieben Soldatenkumpels, die mit waren, auf der hinteren Stoßstange stehen und wippen mussten, um die Reifen am Durchdrehen zu hindern. Natürlich auch, um den Platzverhältnissen im Wagen gerecht zu werden. Heute würde man sagen, das war unverantwortlich und kriminell. Jein – es waren einfach andere Zeiten und auch die Polizei fuhr nur VW-Käfer. Bei einem dieser Sprünge von der Mauer in den sich direkt anschließenden, mit hohem Gras bewachsenen und dadurch nicht sichtbaren Graben hatte ich mir den Fuß verdreht und kam ins Lazarett. Die wilde Hilde, die Bedienung im Stadl oder Stüberl und Anziehungspunkt für alle, oder die Musik oder Ich-weiß-nicht-mehr-was haben es dann doch noch fertiggebracht, mich vom Krankenbett zum Tanzboden zu bringen. Das Spannende aber war, dass sich hier bei der wilden Hilde die ganze Kaserne traf. Und davon gab es hier sogar zwei. Es war wie russisches Roulette, man traf einen höheren Dienstgrad oder nicht. Da ich ja ein für neue Erfahrungen immer offener Mensch bin, gelang mir dies sehr schnell. Ein flottes „Twist again" und „Hallo!" – der Herr Unteroffizier, mein Vorgesetzter, twistete neben mir! Eine Woche Arrest – oder insidersprachlich: Kaffee Viereck – mit Einzelzelle. Schon wieder ein erstes Mal. Erst Liebe, dann Umzug und jetzt Kaffee Viereck. Das Leben und die Erfahrungen beginnen, aber noch ist es ein Addieren von Premieren. Was das Einzelzellenerlebnis anbetraf, kam ich von der Premiere schnell zum ersten, zweiten und dritten Mal. In dieser Reihenfolge: erstens das Gipsbein-Tanzerlebnis, zweitens ein von den Feldjägern ertappter Bergausflug mit nicht geplantem und genehmigtem Almhüttenbesuch inklusive Feiern mit Bier und Schnaps und drittens die Weigerung, nach dem Wochenendurlaub wieder ins traute Heim Kaserne zurückzukehren. Folglich wartete ich am Vortage des offiziellen Dienstablaufes voller Spannung, ob ich entlassen werde oder nicht, und wenn nicht, wann dann?

Nach den erfolgreich abgeschlossenen Stubenkontrollen der vorgesetzten Schikaneure – auch Z-Säue genannt (das Z war die Anspielung auf den sich für längere Zeit verpflichtenden Zeitsoldaten) – und von diesen nach Lust und Laune genehmigten Wochenenden ging's natürlich immer zurück nach München zu allen auf mich wartenden und von mir geliebten Personen. Eines Morgens beim Appell wurde ich gerufen und man teilte mir die traurige Nachricht vom Tode meiner lieben Mutter mit. Meine Mama Christine, sie litt seit vielen Jahren an einem heute ohne Probleme zu operierenden Herzklappenfehler und es ging ihr in dieser Zeit nicht sehr gut. Sie kam immer wieder ins Krankenhaus. Unter einem Sauerstoffzelt liegend und leidend, wurde sie von Tag zu Tag weniger und starb im jungen Alter von nur 40 Jahren. Sehr, sehr schade und traurig, dass ich ihr gar nichts von ihren für mich und meinen Bruder gebrachten Opfern zurückgeben konnte. Ein großer Anlass für Stolz und Freude war ich sicherlich nicht für sie. Ob ich es heute wäre? Ich weiß nicht. Geboren vor der großen Wirtschaftskrise in Deutschland Ende der 20er Jahre und groß geworden im Zweiten Weltkrieg, verlor sie Vater und Mutter schon vor dem 14. Lebensjahr. Großgezogen wurde sie dann von Onkel und Tante und sofort nach dem Krieg, noch sehr jung, mit dem aus der Kriegsgefangenschaft zurückgekehrten Ludwig geheiratet. Meine Zeugung verdanke ich dem Umstand eines Besuches meiner Eltern bei der Tante meiner Mutter und einem

Unwetter, das die Rückkehr nach Hause verhinderte, und auch hier einem als Hilfestellung genommenen Sofa. Meine Mama, eine gebildete Frau, hatte an einer Privatschule eine sehr gute Berufsausbildung und Erziehung genossen, die sie an uns weitergab. Schon Anfang der 60er Jahre fuhren wir mit BMW-Motorrad mit Beiwagen und später mit 52er-Baujahr-Käfer nach Italien, nach Lido di Jesolo an der Adria, zum Zelten. Interessant war, dass der VW, der praktisch über keinen Kofferraum verfügte, den gesamten Utensilien für 14 Tage Überleben mit Kleidung und Essen samt Zelt sowie zwei Erwachsenen und drei Kindern, inklusive eines Schulfreundes, Platz bot. Eine logistische Meisterleistung. Um ein Beispiel für die Opferbereitschaft unserer Eltern zu geben, sei die Diskussion darüber erwähnt, ob wir uns eine Kugel Eis leisten könnten, und wenn ja, für wen.

Es war bereits die zweite Erfahrung mit Tod, Abschied, Trauer und Beisetzung, da wenige Jahre zuvor bereits mein Opa gestorben war.

2.

Mein Leben bestand weiterhin in der Verteidigung Deutschlands und einem Wochenendpendeln zwischen Sonthofen und München, zwischen dem Hauptmann und meinem Schatz. Wir waren schon dabei, von Hochzeitsglocken zu träumen und dies – Halleluja! – mit Wissen und Zustimmung unserer Umwelt. Als das Ende des Wehrdienstes in Sicht war und auch das mit der fristgemäßen Entlassung doch noch geklappt hatte, wollte ich weder studieren noch im Labor ein Leben lang, pipettierend und Hunderttausende Reagenzgläser schwingend, versauern. Also führte mich mein Bauchgefühl und meine auch damals schon nicht unbedingt als schüchtern zu bezeichnende Art zu einer Bewerbung im Vertrieb eines Großhandelsunternehmens für chemische Produkte. Die Bewerbung wurde angenommen, der Vertrag unterschrieben und die nächste Zukunft war gesichert. Hochzeit, Haus, Auto und so weiter. Das perfekte Glück! – Ja, bis sich die im Tiefsten schlummernde Erinnerung an die nackte Maya in die erste Reihe meiner Fantasien katapultierte. Gut, meine Verlobte hatte alles, was sich ein junger Mann wünschen konnte: zierlich, hübsch, lieb, süß, blond, sexy und das nicht gerade als prüde zu bezeichnende Flower-Power-Feeling der Hippie-Generation der 68er. Aber das männliche Unterbewusstsein investigierte natürlich: War denn da noch was? Etwas, das ich noch nicht kannte? Etwas Wildes, a bisserl mehr als nur Hippie, etwas leicht Versautes, Schwarzhaariges mit großen Maja-Brüsten vielleicht?

Zur gleichen Zeit machte mein Vater eine Reise, ich glaube mich zu erinnern, in die Schweiz. Mein Vater, ein herzlicher, meist fröhlicher, gut aussehender, aber Respekt fordernder und in der Erziehung auch leicht zu verärgernder und hart durchgreifender Mann. Eine sogenannte Watsch'n war damals noch drin. Er arbeitete als Elektriker bei der Bahn. Auch er wollte Ingenieur werden, aber Krieg, Kriegsgefangenschaft, frühe Heirat und dann zwei Kinder, das entbindet jeder Erklärung. Sein Hobby war Segelfliegen und in der weiteren Freizeit half er aktiv bei der freiwilligen Feuerwehr und dies auch als Kassenwart. Was auch immer – der Teufel, die Vorsehung, das Schicksal, in perfekter Kooperation mit meinem Drang nach Unerfülltem, Neuem, meiner Unerfahrenheit und Dummheit –, irgendetwas markierte meine Nacht der Veränderung, my night of change, mi noche del cambio, minha noite da mudança, die mein gesamtes weiteres Leben über 45 Jahre beeinflussen sollte. Ein Schritt, der es wert war, in all die Sprachen meines zukünftigen Überlebens übersetzt zu werden. Oder war's doch nur die Maja? Also, in dieser Nacht kam es mir in den Kopf, welchem auch immer, meine Neugierde im Bahnhofsviertel Münchens zu befriedigen – der Ort vieler Nightclubs mit ihren vielversprechenden Plakaten, Fotos von halb nackten Frauen und Stripshows. „Auf geht's", sagt der Bayer, und schon nahm das Elend seinen Lauf. Ein, zwei trotz des Rotlichts und nicht fehlendem Make-ups nicht mehr ganz so frisch aussehende, aber leicht bekleidete Girls manövrierten mich in ein mit zunächst noch offenen Vorhängen behängtes Séparée. Damals gab es noch keine Frischimporte aus den europäischen

Nachbar- und Handelspartnerländern, höchstens aus Asien. Links eine, rechts eine und die Dritte brachte sofort den „Schampus". Ein bisserl ins eine, ein wenig ins andere Glas, für die Dritte auch ein Glas und ein bisserl in den Schampuseimer und wie von Zauberhänden war die Flasche leer. Vorhänge zu, die restlichen wie auch meine Hände fummeln hier und fummeln da. Schau, schau, die zweite Flasche leer. Profis bleiben Profis. Ich muss dazu sagen, dass ich auch mit zwanzig vielleicht wie sechzehn aussah und damit für sie, die Profis, die perfekt servierte Weihnachtsgans darstellte. Kurzum, es hatte sich schnell ausgefummelt. Denn ohne Geld kein Fummeln und das Geld war aus. Wer aber ist schon zufrieden mit Fummeln? Eben, auch ich war's nicht! Also fuhr ich mit dem Taxi nach Hause, um Geld zu holen. Aber ich hatte ja keins mehr. Gerade da schlug das Schicksal unwiderruflich zu: Papa, Feuerwehr, Kassenwart, Kasse, Geld – und wieder zurück zum Glück, fast wie ein Sechser im Lotto, zumindest in Relation von Sequenz und Wahrscheinlichkeit. Dann mehr Fummeln und nix. Das einzige positive Ergebnis: Der Sekteimer und ich waren voll des Fusels und dem, was ich schon immer dabeihatte und ja eigentlich an den Mann, besser gesagt unter die Frauen bringen wollte. Mein Gott, am nächsten Tag oder besser am Übergang von der Nacht zum Tag kam das böse Erwachen. Alternativlos – hier gewinnt das von unseren Politikern gerne verwendete Unwort des Jahres an Bedeutung und Realität: Papa und „sein" gestohlenes Geld, dazu meine große Angst vor ihm. Kurz entschlossen packte ich mein ganzes Hab und Gut in einen Koffer und eine weiße Adidastasche, die ich nach einer Lotsenfahrt durch München persönlich von Adi Dassler geschenkt bekommen habe, und ab nach Afrika. Also, das den Politikern als Beispiel, gibt es auch hier eine Alternative. Ich nahm das restliche Geld aus der Kassette und kaufte ein Ticket, um mit dem Zug nach Gibraltar an die Südspitze von Spanien und von dort aus mit der Fähre nach Tanger in Marokko zu kommen.

Zuerst die Fahrt durch die Schweiz und Frankreich bis nach Portbou, einer kleinen, niedlichen Stadt an der spanischen Grenze. Dort stieg ich aus und kaufte mir ein Wörterbuch. Es war März, Frühlingsanfang, Motor meines Sternzeichens, und es gefiel mir, so dass ich dort einige Zeit verweilte. Aber schon bald, mit den Verbleib von vielleicht 50 Pesetas, setzte ich meine Reise fort. In dem Zug fuhren viele Soldaten, die mit Freude und Spaß Speis und Trank mit mir teilten. Nach langer Reise am Ziel angekommen, war mit dem verbliebenen Guthaben an eine Passage mit der Fähre nicht mehr zu denken. Aus der Traum des Urlaubs mit arabischen Bauchtänzerinnen oder einer ungewissen Zukunft als Hilfsarbeiter in einem Schlachthof voller von der Decke hängender und von Fliegen besetzter Hammelköpfe. Was nun? Weiter nach Süden ging es nicht. Also der immer wieder auftauchende Zwang der Logik des Schicksals: umkehren und zurück Richtung Norden. Per Anhalter fuhr ich bis Barcelona, nicht aber, ohne Granada und die schöne Alhambra zu sehen, und nicht, ohne zum Überleben leihweise Orangen in den Plantagen zu pflücken. Dann in Barcelona angekommen. Kein Geld, kein Essen und kein Bett. Auch eine Premiere. Voller Scham, mit Tränen in den Augen und Knurren im Bauch, ging ich notgedrungen zum deutschen Konsulat, das mir eine Übernachtung und ein Ticket zurück nach München bezahlte, natürlich mit der Auflage der Rückzahlung.

Welches Dilemma, zurück ohne nichts, ein stinksaurer, aber auch besorgter Vater und Bruder, eine geliebte und besorgte Verlobte mit zwei geliebten Kindern. Was nun, wohin? Zu meiner Oma Rosina, Mutter meines Vaters und mit die liebste aller Frauen. Trotz allem und allen, die mit Recht gegen mich und mir böse waren, nahm sie mich auf. Danke dir, meine Oma. Nach den unausweichlichen folgenden Aussprachen mit allen war alles klar und alles futsch. Das Vertrauen meines Papas und das meiner doch noch immer so geliebten Verlobten wie auch der Job, den ich nicht angetreten hatte.

Unter Druck, mit Scham, ohne große Liebe, ohne Geld, mit Schulden bei Papa und beim Konsulat, machte ich mich auf Arbeitssuche. In einer Zeitungsanzeige das große Versprechen: „kommunikativ, reisebereit, unabhängig, mit freier Wohngelegenheit und guten Verdienstmöglichkeiten" – also das, was ich im Moment notwendig brauchte. Im Schwabinger Büro der seriösen Firma flotte Leute, flotte Sprüche und flotte Autos. Unterschrieben und unverzüglich auf einen Zug verfrachtet und mit anderen Zeitschriftenabonnementverkäufern, auch Drückerkolonne genannt, auf Reisen in einen Vorort Heidelbergs geschickt. Die Zusammensetzung der Kolonne bestand aus Ex-Knackis, gescheiterten Existenzen wie mich und Schleimern, die den anderen und mir das Leben im Auftrag der Arbeitgeber zur Hölle machten. Täglich in der Früh mit dem Kleinbus in die Prärie und am Abend zurück, um, dem Verhungern vorbeugend, beim Metzger noch schnell ein paar Wurstreste zu kaufen. Die Schuhsohlen der meisten sorgten für Frischluft und im Frühling war auch ein wenig Schneewasser mit dabei, denn viele hatten Löcher. Rechnerisch gut nachzuvollziehen, denn für ein Jahresabonnement von „Reader's Digest" gab es ganze 50 Pfennige und auch dies erst, wenn und wann es den Obergaunern, Sklaventreibern und dicken Porschefahrern in München passte. Oder anders gerechnet, für 25 bis 30 Abschlüsse war eine perfekte Schuhsohle, geschweige denn ein Paar, unmöglich zu erarbeiten! Fast wie heute: Wichtig ist, in Arbeit zu sein, nicht wie und zu welchen Konditionen. Gut, es handelte sich um soziale Randgruppen und damals wurde weder politisch propagiert noch gab es die Möglichkeit, sich von einer christlichen Gewerkschaft für Leiharbeiter vertreten zu lassen.

Gott sei Dank lernte ich in dem Hotel ein junges Mädchen aus München kennen, mit der ich meine Sorgen tauschen und bei der ich Hoffnung tanken durfte. Die Schleimer aber, die aufpassten, dass ja niemand mit anderen außerhalb der Gruppe kommunizierte, haben dies sofort weitergegeben. Am nächsten Abend dann, wenn die Herren Gruppenführer und Schleimer zum Essen fuhren, wurde auch ich eingeladen. Sie fuhren irgendwohin außerhalb der Stadt in ein Restaurant. Nur mich ließen sie im Auto sitzen und bis nach Mitternacht warten, bis sie schließlich mit Essen und Trinken fertig waren. Dann drückten sie mir meinen Koffer und meine Adidastasche in die Hand, die von den Schleimern schon gepackt worden war, und ließen mich einfach an dem für mich total fremden Ort, mitten im Nirgendwo, stehen. Kein Geld, kein Essen und kein Bett, das kam mir bekannt vor, das hatte ich doch schon einmal erlebt und war damit vor Premieregefühlen geschützt. Aber dies als business as usual abzutun, so weit war ich noch lange nicht, na ja, später vielleicht. So ging ich mitten in der Nacht die Straße entlang, zurück nach …? Gute Frage, nach München, wohin denn sonst?

An einem gerade abbauenden Zirkus vorbeikommend, fragte ich nach Arbeit, aber sie hatten keinen Bedarf, sonst würde ich heute vielleicht, wer weiß, dressierte, über ein Seil springende Meerschweinchen mit Zipfelmütze vorführen. Aber auch an diesem Abend verließ mich mein Schutzengel nicht und schickte mir zu dieser späten Stunde einen jungen Mann in einem hässlichen Entlein der Marke Citroën vorbei, der mich bis zur nächsten Autobahnraststätte Richtung München mitnahm. Während der Fahrt erzählte ich ihm von dem Erlebten und er drückte mir voll Mitleid zwei „Readers Digest"-Provisionen – mit anderen Worten: eine Mark – in die Hand, damit ich mir etwas Essbares kaufen konnte. An der Raststätte stellte ich Koffer und Tasche an den Fahrbahnrand und kaufte und genoss eine schöne, dicke Bratwurst mit Senf.

Happy Birthday und alles Gute zum Glück! Es war ja an diesem Tag auch die Transformation vom Jugendlichen zum Erwachsenen, mein 21. Geburtstag. Für eine Geburtstagsüberraschung mit Effekt war auch gesorgt. Immer noch genüsslich meine Bratwurst essend, ging ich langsam zu meinem Gepäck zurück. Auweia! Mein Koffer war offen und die Klamotten überall verstreut. Wahrscheinlich einem Brummifahrer zu verdanken, der meine Koffer übersehen und einfach drübergefahren war. Die Wurst fertig gegessen, die Utensilien in den zerquetschten Koffer getan und eine Mitfahrgelegenheit gesucht. Zu der Zeit machte ich außer einem sehr jungen, auch einen sehr ungefährlichen Eindruck. Ich war so schlank, dass ich mit einer Fliege am Hals wie ein Kruzifix aussah, und als Anhalter bei niemandem und schon gar nicht bei LKW-Fahrern irgendwelche Unsicherheitsgefühle erregte. Somit war es auch leicht für mich, einen Mitfahrplatz zu erobern.

In München angekommen, erneut die Frage, wohin mit mir? Na, nur die Oma kam in Frage. Ab in die Straßenbahn, den furchtbar aussehenden Koffer in ein Eck und die weiße Tasche mit mir ins andere. Gott sei Dank ging es hier, der MVV verzeihe es mir, auch ohne Ticket.

3.

Jetzt war es an der Zeit, was Sinnvolles zu tun, Geld zu verdienen, unabhängig zu sein. Chemie: nein; und Medienvertreter, wie man heute sagt: auch nein. Gastronomie vielleicht, als Kellner. Nicht jeder hat's gelernt, aber viele machen es: tägliches Trinkgeld und unter Leuten sein. Anzeigen gab es genug oder einfach vorbeischauen und fragen. Gut, die Anzeigen waren damals für einen normalen deutschen Bürger noch lesbar und verständlich. Heutzutage, bei Formulierungen wie „Assistant Manager (m/w), Advisory Transaction Services, Financial Sector" oder „Accounting Advisory Services", na, ich weiß ja nicht. Da hätte auch der Valentin geschaut, der meinte ja schon zu seiner Zeit: Springbrunnen-Auf-und-Zudreher mit dem Vermerk männlich und weiblich gesucht. Im Frühjahr auf und im Herbst zu. Das wäre ein brotloser Beruf. Wenn ich mir überlege, dass viele Suchende, die die Antwort auf die Frage, an welchem Fluss Frankfurt am Main liegt, nicht wissen, sich bei den oben genannten Anzeigen sofort eine Kugel in den Kopf schießen würden …

Gut, die Entscheidung war getroffen: Kellner in der Nacht, junge Leute, auch hübsche, weibliche, um meinen Liebesschmerz zu überwinden, alles mit Musik und Alkohol inklusive und viel Spaß bei der Arbeit. Tiffany macht's möglich. Nicht der famose Juwelier oder der bekannte Romantitel, nein die Disco im Souterrain in der Leopoldstraße mitten in Schwabing. Zu der Zeit war Schwabing Kult für alles Schöne, Extravagante und Exzentrische. Die Rolling Stones und viele andere VIPs saßen und tanzten hier und genossen flaschenweise russischen und polnischen Wodka mit Bitter Lemon. Ab und zu ein Joint war auch nicht auszuschließen.

In diesem absoluten In-Club waren auch die Preise und damit die Verdienstmöglichkeiten entsprechend hoch. Die guten Gäste hatten alle ihre eigenen, mit ihrem Namen etikettierten Flaschen, die guten Kellner auch, aber mit anderen Namen. Während des langsamen Durchschreitens eines dunklen 3-Meter-Flurs, zwischen einem flaschenbefüllten Kühlfach der Küche und dem Gästeraum, arbeiteten viele Kollegen nach dem Robin-Hood-Prinzip und füllten kurzum und geschickt aus ihrer eigenen Flasche drei, vier Gläser mit Wodka, um sie dann gemeinsam mit den kleinen Lemonfläschchen des Hauses zu servieren. Die gelungene Verteilung von Reich zu Arm. Ich hatte mich damals noch nicht mit Kapitalumschichtungstheorien befasst, aber als Neuling gezwungenermaßen das Wesentliche an dem Beruf mitlernen müssen. Das soll jetzt aber nicht bedeuten, dass jeder in der Gastronomie Beschäftigte einzig und allein auf seinen Gewinn und dies zu Lasten seines Chefs aus ist. Wobei in der Branche schon immer folgender, gewinnbringender Überlebensgrundsatz gilt: Sei der Erste, der kommt, und der Letzte, der geht, und gib nie die Kasse aus der Hand. Wo der Kellner mit dem Porsche und der Inhaber mit den Öffentlichen oder dem Fahrrad vorfährt, sollte man eine gewisse Skepsis hinsichtlich der Zukunfts- und Zahlungsfähigkeit des Unternehmens an den Tag legen. Auf jeden Fall war es ein Volltreffer für mich.

Wenn ich dann im Morgengrauen bei Oma ankam, war immer ein Getränk und eine kleine Brotzeit auf dem Nachttisch.

Meine Oma musste immer sehr sparen. Als wir noch kleiner waren, waren ein geschenktes Fufzgerl (50-Pfennig-Stück) und zum Geburtstag 5 Mark ein großes Opfer ihrerseits. Ich war ja auch nicht der einzige, aber mit Stolz der älteste Enkel. Es gab noch meinen jüngeren Bruder, eine Cousine und zwei Neffen von den zwei Brüdern meines Vaters.

Bei mir stimmte es jetzt finanziell, da ich, nachdem ich mit Taschengeld, Lehrgeld und Bundeswehrsalär in meinen ersten 21 Lebensjahren nicht unbedingt üppig ausgestattet war, plötzlich Tausende von Mark hatte. Wobei ich das Wort „verdienen" absichtlich vermeide. Also weitere Premieren wie Geld verdienen und was damit machen, Geld ausgeben. Gut, ich erinnere mich an ein Auto, einen bodenlangen hellblauen Wagenheimer Wildledermantel für einige Tausend Mark und Besuche in den damals üblichen Frühlokalen. Auch daran, dass ich meine Schulden bei Staat und Papa bezahlte.

Zu dieser Zeit war einer meiner besten Kumpels, der mich immer in der Disco besuchte, mein Onkel Matthi, selbst eine leicht verkorkste Existenz. Er war der Sohn meines Großonkels, der die Fürsorge für meine Mutter nach dem Tod ihrer Eltern übernommen hatte. Mein Großonkel hatte ihn in seiner dritten Ehe, im Alter von über 50 Jahren, gezeugt. Somit war Matthias zwei Jahre älter als ich. Sein Vater, ein Kämpfer, hatte zwei Weltkriege und die große Wirtschaftskrise hinter sich sowie drei Frauen und zwei Kinder. Ein gewitzter, erfolgreicher und sehr vermögender Geschäftsmann, aber nicht mit meinem Papa zu vergleichen. Matthi hatte, meiner Ansicht nach, weder Zeit noch Liebe noch die Prinzipien von seinem Papa oder seiner Mama übernommen. Zwar Schweizer

Internate, Ausbildung vom Feinsten, aber dies ohne Matthi, er brachte immer Chaos in alles und überall. Seines Vaters Grundwerte waren: Arbeite und fange von unten an, dann verdienst du Geld. Somit gab es auch von dessen Millionen keine wesentliche Unterstützung, nur wenn's gar nicht mehr anders ging und das Kind schon in den Brunnen gefallen war. Die Bemühungen, seinen Unterhalt zu verdienen, spielten sich immer mehr in der Unterwelt des Rotlicht-Milieus ab. Massagesalons mit asiatischen, selbst importierten Masseurinnen waren mehr seine Sache. Wobei ich mich in eine dieser kleinen Thailänderinnen verguckte, ihr Name war Toy, das Spielzeug. Ich habe mich sogar mit ihr verlobt – auch hier keine Premiere mehr.

Das Nachtleben als Kellner sah ich dann doch immer mehr als Übergangslösung für zukünftige Projekte. Zuerst versuchte ich es nebenbei als Immobilienmakler in einem Büro über dem Münchener Franziskaner, fast vor der Staatsoper und bis heute noch mein bayerisches Lieblingsrestaurant. Wann immer ich später aus dem Ausland zurückkam, mein erstes Bestreben war, hier eine erste Brotzeit mit 150 Gramm Leberkäs, dem typischen Senf, einem Römerweckerl und einem kleinen Bier zu genießen. Als Maklergehilfe lernte ich unter anderen sogar Udo Jürgens als Interessent an einem Schwabinger Bauobjekt kennen. Mit dem Ziel, Geld zu verdienen, unabhängig und selbstständig zu sein, suchte ich weiter.

Bis ich auf die Idee kam, eine Autobörse zu gründen. Ich eröffnete ein kleines Ladenbüro in der Herrenstraße, ganz in der Nähe des weltberühmten Hofbräuhauses und der in der Zwischenzeit in der direkt nebenan liegenden Pfisterstraße bezogenen Wohnung. Das Geschäftsmodell: Über Anzeigen und Mundwerbung versuchte ich Autoverkäufer dazu zu bewegen, sich in meine Kartei aufnehmen zu lassen, und als Gegenleistung inserierte ich die Autobörse und einzelne Objekte. Zur gleichen Zeit gab es in einem Autokino im Umland einen Autowochenendmarkt, wo viele Autoverkäufer aus München und Umland ihre Autos mit großem Erfolg ausstellten. So inspiriert, müsste dieses Geschäftsmodell mitten in München zusammen mit der Autobörse doch einen garantierten Erfolg darstellen. Es gelang mir, einen großen leeren Platz, direkt an der Münchener Freiheit, dem früheren Feilitzschplatz, günstig von dem Inhaber, dem deutschen Roten Kreuz, zu mieten. Mitten in Schwabing mit Bus und Trambahn. Just perfect! Mit Hilfe von Papa und Bruder wurden jeden Samstag und Sonntag rund um den bestehenden Zaun mit Werbung bedruckte Planen angebracht und die Ausstellungsgebühr der Autos kassiert. Durch Zeitungswerbung sollte die Neuheit bekannt gemacht werden. Nach einigen Monaten intensiven Engagements musste ich leider feststellen, dass das Kosten-Nutzen-Verhältnis der Unternehmung negativ war oder besser gesagt keine Gewinne, sondern Verluste einfuhr. Auch die Autobörse, auf die notwendigen und teuren Zeitungsinserate angewiesen, zeigte sich immer mehr als Verlustgeschäft. Dazu kam, dass ich einen grünen Käfer eines Freundes und ein anderes Auto in meinem Hof zum Verkauf stehen hatte, was nicht Teil des Vermittlergeschäftsmodells war. An jedem weiteren Tag kam deutlicher das Unwort „alternativlos" zum Tragen. Es war wieder so weit und kein erstes Mal: Afrika. Warum auch immer Afrika.

4.

Eines Tages zur Mittagszeit ging ich in ein Reisebüro, um mich über Reisen nach Afrika zu informieren: wohin, der nächste Flug und mehr. Es war ungefähr 13 Uhr, der Flug nach Tunesien ging um 15.30 Uhr. Sofort nach Hause, Koffer packen, warten, bis die Bank an der Ecke nach der Mittagspause öffnete, das Ticket im Schwabinger Reisebüro bezahlt und mit dem abgehobenen Geld direkt zum Flughafen. Mit dem neuen Koffer und, wie gehabt, der weißen Adidastasche direkt in das Flugzeug eingecheckt. Damals gab es noch Freiheit pur und keine Terroristen. Gegen 17 Uhr war ich zum Abendessen in Tunis. Endlich bekam ich, wenn auch unter widerwärtigen und traurigen Umständen, Afrika zu sehen. Die Lage positiv nutzend, besuchte ich die schönsten Städte und Orte der arabischen Welt wie Tunis, Hammamet, Sousse, Sfax, Djerba, Monastir und Karthago, Ende der 70er Jahre mit Sicherheit ganz anders als heute und auch mit Sicherheit noch wesentlich origineller und orientalischer. Nach einigen Wochen Weltenbummelns wie immer die Rückkehr in die Realität und die Frage, wohin. Die Antwort ist uns ja bereits bekannt: zurück, zurück nach München. Gott sei Dank hatte ich mit Rückflug gebucht und – welch ein Fortschritt! – ich benötigte wenigstens bis München keinerlei fremde Hilfe.

In München angekommen, reichte mein Geld auf jeden Fall für die über den Zeitraum hinweg horrenden Parkplatzgebühren für das gar nicht mir gehörende Fahrzeug. Dieses Mal die erste Übernachtung nicht bei meiner, schon genug von mir erleidenden Oma und Familie, sondern bei Freunden. Es war Winter. Es schneite und die Straßen waren eisig und rutschig. Mitten in der Nacht wachte ich von einem riesigen Krach auf. Ein anderes Auto war auf den vor dem Haus geparkten und „ausgeliehenen" Wagen aufgefahren, einen Riesenschaden verursachend. Verzweifelnd angesichts der von mir inszenierten Gesamtlage, suchte ich einen Ausweg. Wobei ich das Unwort nicht wiederhole, da es immer eine Alternative gibt, die Frage ist nur, ob es die richtige oder die falsche ist. Wobei dies ohne hellseherische Fähigkeiten nicht immer zu sagen ist und oft auch im Nachhinein nicht bewertet werden kann. Suche mit wenig Geld, ohne Job, ohne Bleibe, einem Schrottauto und der Verpflichtung des grünen VW eine neue Zukunft. Auf einmal hatte ich's: Ich fahr zur See! Es heißt ja so schön: Er sank von Stufe zu Stufe, zuletzt sah man ihn im Hafen.

Also den Koffer und die weiße Tasche geschnappt und mit dem Zug ab nach Hamburg. Ein billiges, kleines Zimmer am Anfang der Elbchaussee, in die Tageszeitung geguckt und da war schon was. Der während meiner Bundeswehrausbildung so unnütz erscheinende Zweier-Führerschein half mir, bei der Holsten-Brauerei als Bier ausfahrender Beifahrer anzuheuern. Die Basis war geschafft, aber das Anheuern sollte sich ja auf ein Schiff beziehen. Meine geheimer Traum war ja von jeher, Rio de Janeiro, Acapulco und Hongkong kennenzulernen. Doch bevor ich meine Sehnsüchte befriedigen konnte, kam Weihnachten. Das Fest der Liebe, der Familie. Das Fest, das in unserer gesamten Familie und in meinen vergangenen 22 Lebensjahren den höchst denkbaren Stellenwert hatte – und ich hier in der Hansestadt. Mutterseelenallein. Nicht einmal ein telefonischer Weihnachtsgruß. Als guter Sohn und Bruder hatte ich seit meinem Tunesienausflug keinen Kontakt mehr. Meine arme Familie, ich war es wirklich nicht wert, Teil von ihr zu sein. Jetzt aber, an diesem Tag, dem 24. Dezember, dem Heiligen Abend, bekam ich das deutlich zu spüren. Leere Straßen, geschlossene Restaurants, Straßenbahnen ohne Fahrgäste, sehr, sehr traurig und deprimierend.

Nach Gesellschaft suchend, fand ich auf der Reeperbahn dann doch ein offenes Tanzrestaurant, das durch seine Tischtelefone bis heute bekannte Kaffee Keese. Mein Schutzengel arrangierte es so, dass ich eine alleinstehende Mutter mit zwei kleinen Kindern kennenlernte, mit der ich dann bei ihr zu Hause Weihnachten feiern durfte. Ein Danke meinem lieben Gott. Es war mein Weihnachtsgeschenk, wahrscheinlich unverdientermaßen, aber er war da. Es war ja nicht nur ein Geschenk unter dem Weihnachtsbaum, nein, ich war nicht mehr alleine in dieser fremden und sehr schönen Stadt Hamburg. Alleine zu sein, für mich ist das bestimmt mit das Schlimmste überhaupt.

Jetzt konnte ich in Ruhe meinem anfänglichen Reiseziel, Seemann zu werden, nachgehen. Dies ging relativ einfach und schon hatte ich, aus der Gastronomie kommend, einen Job als Messesteward und mein blaues Seefahrtsbuch. Mein Foto darin zeigt einen blonden Seeräuber mit den zu dieser Zeit üblichen langen Haare und einem Asterix-Schnurrbart, der links und rechts noch ein wenig nach unten hing. Auch nicht mehr ganz so dünn und unschuldig wie der Anhalter bei Heidelberg. Unter meinem langen hellblauen Mantel ein

Hemd mit hohem Kragen und enge Hosen mit weiten, über die Schuhe hinausgehenden Stulpen. Die Schuhe vorne zugespitzt. Diese Spitzen waren mitschuldig für meine Beulen, die, wie zusätzliche große Zehen, jeden neuen Schuh nach einer Stunde Nutzung wie einen seit Jahren getragenen, alten Latschen aussehen lassen und dies ein Leben lang. Das perfekte Outfit für einen Türsteher oder Frauenmanager auf der Reeperbahn.

Mein neuer Arbeitgeber war ein erfahrener Spezialist für Short Sea Shipping, die Oldenburg-Portugiesische Dampfschiffs-Reederei, kurz OPDR, unter Seeleuten auch „Ohne Proviant Durch Russland" genannt. Ein Titel, der den nicht mit besonderem Luxus ausgestatteten Schiffen zu verdanken war.

Die Fahrten waren Kurztrips. Aus der Nordsee um Europa herum durch den Kanal von England, vorbei an den Küsten Westfrankreichs und Spaniens durch die meist von Unwettern gepeitschte See der Bucht von Biskaya. Vorbei an Portugal und durch die Enge Gibraltars zwischen Spanien und Marokko in das Mittelmeer bis zu der, schon meine Bekanntschaft gemachten Küste Nordafrikas. Wir machten Halt in deutschen Häfen wie Hamburg und Bremen, niederländischen wie Amsterdam und Rotterdam und in nordafrikanischen Hafenstädten wie Casablanca, Tunis, Algier und Annaba. Und das Leben an Bord? Alles ganz, ganz einfach. Mein Job war Messesteward und meine Aufgabe mehr oder weniger nur die Umsetzung meiner bereits angeeigneten gastronomischen Kenntnisse. Gut, das dachte ich zumindest. Nach Erklärung meiner Aufgaben, aber vor allem nach den Erfahrungen der ersten Arbeitstage, wären eine Hotel-, Sport-, Kampf- und

Facilitymanagementausbildung eher angesagt gewesen. Zuerst musste ich aber noch meinen Arbeitsplatz, ein sogenanntes Frachtschiff, kennenlernen. Kein Ruderboot, keine luxuriöse Segel- bzw. Motoryacht und kein Rundfahrts-Dampfer am Starnberger See, sondern ein mit Fracht und Fachausdrücken vollgepacktes, über siebzig Meter langes Schiff. An Deck sah es mehr wie eine Industrielagerhalle aus mit schwarzem Boden und riesigen Kränen und unter Deck riesige Fracht-räume und irgendwie immer der Eindruck von Öl und Schmiere. Die Besatzung und speziell die, um die ich mich kümmern sollte, war ein internationaler Haufen immigrationsbedürftiger Rowdys, auch Matrosen genannt. Thilo Sarrazin hätte sich gewundert, denn die Integrationsfrage war hier eine ganz einfache Gleichung: Der Stärkere bestimmt die Regeln und wehe dem, der sie nicht befolgte! Die Mannschaftsmesse, also mein engerer Zuständigkeitsbereich, war im Prinzip der Aufenthaltsort der arbeitenden Klasse harter unter und über Deck arbeitender Männer aller Rassen aus aller Herren Länder. Die Titelaussage von Sarrazins Buch, dass Deutschland sich abschafft, traf hier voll zu. Bei der christlichen Seefahrt ist der Anteil der deutschen Seeleute am Verschwinden. Eine Frauenquote gab es noch nicht. Frauen ja und immer, aber nicht an Bord und wenn, dann ganz geheim und kurzfristig. Bestimmt bekommt das nicht die Zustimmung von Alice Schwarzer, aber das soll, so eine jahrtausende alte Seemannsweisheit, Unglück bringen. Wer will da schon widersprechen? Die Emanzipationstheorien unserer Frauenbewegung mit ihren in den letzten 60 Jahren die bewährten Gesellschaftsstrukturen belastenden Tests müssen sich hier erst bewähren.

Auch Minderheitsrepräsentanten wie unser Außenminister oder Berlins Bürgermeister hätten hier sehr schlechte Karten und Zeiten für sich verbucht.

Das Mittelschiff, die Schiffsbrücke mit der Kommandozentrale, beherbergte die Oberklasse oder Führung, bestehend aus Kapitän, Offizieren und Ingenieuren. In unserem Fall befand sich dort auch die Kombüse oder Küche, zuständig für die Zubereitung der Schiffsmahlzeiten. Die Messe war achtern, am hinteren Deck. Begriffe wie „achtern", „backbord" und „steuerbord" musste ich notwendigerweise sofort lernen, sonst geht's einem wie einem Erstklässler, dem man jedes Mal zeigen muss, was links oder backbord bzw. rechts oder steuerbord bedeutet. Meine Integrationsbemühungen als einziger Bayer, auch gern Kraxlhuber oder Schluchtenjodler genannt, und als einer der Jüngsten bestanden darin, zuzuhören und zu versuchen, ohne aufzufallen allen zu dienen. Sauberkeit von der Mannschaftsmesse bis zur Toilettenschüssel, frische Bettwäsche, gespültes Geschirr und pünktliches Servieren der Mahlzeiten und das alles mit freundlichem Lächeln im Gesicht. Alles in kürzester Zeit erlernbar.

Wobei ein Schiff ja schaukelt, backbord nach steuerbord, und stampft, also Schaukeln in Längsrichtung, von Achtern über den Bug. Gott sei Dank war ich als bodenständiger, sonst skifahrender Bayer bis auf einen einzigen Putzeinsatz mit stark nach Terpentin riechendem Bodenreinigungsmittel nie seekrank geworden. Alle durch die berühmt-berüchtigte Biskaya im Atlantischen Ozean vor der Küste Spaniens kreuzenden Seefahrer haben zumindest einen Sturm der Stärke acht mit 15 und mehr Meter hohen Wellen miterlebt. Beim ersten Mal mit Sicherheit für alle furchterregend. Wind und Wellen bewegen sich in unterschiedliche Richtungen und bringen ein Schiff sogar zum Schlingern und Stampfen und das Deck wird immer wieder von großen Wellen überspült. Bücher, sonst in einem Regal fest und eng aneinander stehend, werden eines nach dem anderen wie Fluggeschosse durch den Raum katapultiert. Auf Stühlen sitzende Personen kippen wie von Zauberhand plötzlich nach hinten auf den Boden.

Und jetzt zu meiner Aufgabe, der Raubtierfütterung. Messe achtern, Kombüse im Mittelschiff. Das Schiff gleitet wie ein Surfboard zwischen Wellenberg und Wellental. Der Blick nach links: meterhohe Wasserwand nach oben; und nach rechts: das gleiche metertief nach unten. Bei jeder Kippbewegung des Schiffes eine über uns hinweg rollende Flutwelle. Messebereich und Kombüsen geschlossen, um das Eindringen des Wassers zu vermeiden. Jetzt das Umsetzen der vierstufigen Marketing-Basistheorie: bestehende Situation – Problemdarstellung – Lösung und das von Applaus begleitete Erfolgsergebnis bzw. -erlebnis. Übersetzt in die Lage meiner Aufgabe hieß dies, das Problem zu erkennen: Hunger der Mannschaft, Sturm mit Windstärke acht und die Notwendigkeit des Servierens der Mahlzeit. Die Lösung, einzig und nicht änderbar: Abwarten des Moments der Schiffsbewegung im richtigen Winkel, d. h. wenn das Wasser der letzten Welle abgelaufen ist, und noch vor der neuen Wasserflut die Luke der Messe auf und zu, 30 Meter sprinten, dann Luke der Kombüse auf und zu. Kurze Verschnaufpause, Übernahme mehrerer Mahlzeiten und wieder zurück. Abwarten des richtigen Moments der Schiffsbewegung ohne Wasserzufuhr, Luke der Kombüse wieder schnell auf und zu, 30-Meter-Sprint, Messeluke schnell auf und zu. Dann verdientermaßen der große Beifall der hungrigen Crew. Dies so oft, bis alle Mäuler gestopft sind.

Aber schon am nächsten Morgen: blauer Himmel, blaues Meer und viel Sonne. Das Abenteuer See ist einfach schön und die Nähe der Küste oder des fast erreichten Zieles kann man zuerst an der aus dem Radio klingenden, für die jeweilige Region typischen Musik erahnen oder erfühlen. Bald würde das Schiff mit Hilfe des an Bord gebrachten Lotsen im ersten Zielhafen einlaufen. Nachdem es geankert hatte und an den Pollern festgemacht worden war, begann das Seemannsleben. Heute werden die Ladungen durch perfekte Logistik und modernstes Lade- und Fördergerät in Stunden gelöscht, aber zu meiner Zeit bedeutete das noch tagelange Arbeit. Als Konsequenz konnte die Mannschaft natürlich an den Abenden auslaufen. Ausgestattet mit einem Vorschuss der jeweiligen Landeswährung, standen Tür und Tor offen für alles, was ein Hafen so zu bieten hat. Es blieben hier wenige Fantasien unerfüllt. Das Flair, die Musik, das Essen, das Einkaufen, just enjoying your live auf original marokkanische, tunesische oder algerische Art und Weise. Alles gekostet, genossen und den ganzen Vorschuss verbraucht, ging's dann wieder an Bord. Ein Leben voller Verantwortung. Eine Koje zum Schlafen, ein gutes Essen, Duty-free-Trinken mit oder ohne Prozente und Zigaretten, Spaß haben und zwischen den Häfen auch noch die Nächte zum Ausruhen.

Okay, wir mussten natürlich auch arbeiten. Als Seebär hat man laut Heuerschein rein rechnerisch einen 24-Stunden-Tag und die Heuer wie auch der Urlaub werden dementsprechend berechnet. In der Praxis heißt das alle vier Monate Urlaub oder noch besser jedes Jahr drei Monate. Gut, bei dem einfachen Fußvolk sah dies meist so aus: Die Urlaubstage wie auch das Geld wurden mit einem großen Juhu verjubelt. Dem Juhu entsprechend, meist in einem Monat und dann ging's wieder auf das Schiff zu freier Koje, Essen und Trinken und Abenteuer. Es ist mir klar, dass es bestimmt Menschen gibt, die auf mein begeistertes „Hui!" eher mit einem abwertenden „Pfui!" antworten. Als unseriös, asozial und unverantwortlich. Na ja!

Wieder auf der Rückreise nach Hause. Die Elbe hinunter mit dem herzlichen Willkommensgruß von der Schiffsbegrüßungsanlage in den Hamburger Hafen, die Heimat. Erst schallte Wagners „Steuermann! Lass die Wacht!", dann ertönte die Hymne der Hansestadt „Stadt Hamburg an der Elbe Auen", gefolgt von dem „Herzlich Willkommen". Dann wird die Flagge am 43 Meter hohen Mast gedippt und die jeweilige Nationalhymne des passierenden Schiffes gespielt. Bei neuer Fahrt in die hohe See das gleiche Prozedere, dann natürlich mit dem Abschiedsgruß „Auf Wiedersehen". Seit fast 60 Jahren ist das das i-Tüpferl auf dem fast endenden Heimweh oder der Multiplikator der Sehnsucht in die Ferne. Die meisten Seeleute haben ja Familie, Freundin, Freunde, sind Papa oder Opa. Meine Situation war die Kategorie Freundin mit zwei Kindern. Genau, die liebe Mutter von Weihnachten. Sie holte mich immer am Pier ab. Voller Freude und winkend, wartend, bis das Schiff angelegte und die Gangway befestigt war. Auch hier kann man sagen, dass ganz egal, was man in den Häfen getrieben haben sollte, die Wiedersehensfreude in jeder Hinsicht perfekt war.

Doch schon bald das erneute Auslaufen und eine gewisse Routine, man lernt ja schnell. Obwohl, ich hatte Glück, zum Pech unseres Ersten Stewards, der die High Society in der Offiziersmesse des Schiffes umsorgte. Er hatte auf der Höhe Spaniens derartig einen sitzen, dass er nach dem Herunterfallen eines Trinkglases barfuß in dessen Scherben trat. Sein Fuß entzündete sich so stark, dass er innerhalb kürzester Zeit in ärztliche Behandlung und, da wir keinen Arzt dabeihatten, auch von Bord musste. Wie es halt im Leben so ist: des einen Leid, des anderen Freud. Also meine Freud! Als aufgeweckter, im Verhältnis zu vielen anderen gut erzogener und schon seeerprobter junger Bursche bekam ich die Chance, seinen Job zu übernehmen. Vorbei mit dem bei Sturm lebensgefährlichen Hin und Her von Achtern zum Mittelschiff und zurück. Jetzt: gepflegte, gebildete und wenig Vorgesetzte. Mit noch besserem Essen und überhaupt Besserem von allem. Doch da kam wieder mein Unterbewusstsein und fragte: War da nicht noch etwas? Wie zum Beispiel Hongkong, Rio und Acapulco?

5.

Also heuerte ich während des folgenden Heimataufenthalts bei der entsprechenden Reederei an, der Hamburg-Amerikanischen Packetfahrt-Actien-Gesellschaft, besser bekannt unter dem Namen HAPAG Lloyd AG, der Hamburg-Amerika-Linie. Heute eine der weltweit größten Container-Schifffahrtsgesellschaften. Mein Schiff, die 1967 fertiggestellte MS Thuringia, war aus der „Esels-Serie". Das mit dem Esel war auf die Endung „-ia" zurückzuführen. Außerdem gab es noch die MS Bavaria, die MS Alemannia usw. Das „MS" steht für „Motorschiff". Die MS Thuringia war einer von sieben für den Ostasiendienst gebauten Schnellfrachtern. Mit 164 Meter Länge, 22 Meter Breite und circa zehn Meter Tiefgang eines zu der Zeit größten Frachtschiffe. Mit einer Höchstgeschwindigkeit von 21 Knoten oder ungefähr 40 Stundenkilometern beförderte es 56 Mann Besatzung und bis zu zwölf Passagiere. In diesem Falle diente das Schiff zur Ausbildung von Seekadetten oder Offiziersanwärtern in der zivilen Seefahrt. Eine Mannschaft, die sich durch Disziplin, das Klarschiffmachen oder Putzen und permanentes Renovieren des Schiffes hervortat. Der Traum für jeden Messesteward. Ja und dann noch die zwölf Passagiere, die eine Reise auf einem Frachtschiff inmitten der Crew einem Luxuspassagierschiff vorzogen. Das Wichtigste aber war das Reiseziel: Südostasien.

Als Erster Steward war ich zuständig für das Wohlbefinden dieser Personengruppe in der Offiziers- und Passagiermesse wie auch in den anderen Aufenthaltsräumen. Vom Kaviar, auf leuchtendem Eis serviert, bis zu den feinsten internationalen Fisch- und Fleischspezialitäten und edelsten Getränken konnte unsere Küche und der dazugehörige Service, natürlich meiner, jedem Spitzenrestaurant die Hand reichen. Die Reise wiederum ging vorbei an der Westküste der iberischen Halbinsel durch den Atlantischen Ozean entlang der westafrikanischen Küste und durch den südatlantischen Ozean bis Kapstadt in Südafrika. Ungefähr in der Mitte der Küstenstrecke, in der Nähe des Golfes von Guinea, war an der Äquatorlinie das Toperlebnis und ein Muss für jeden Seemann die Seemanns- oder Äquatortaufe, in meinem Falle die zweite.

Am Vorabend schon steigt die Spannung an Bord unter den Neulingen der Crew und es wird das eine oder andere getrunken. Die Matrosen erzählen Horrorgeschichten, was alles geschehen wird, aber nur der Taufschein zählt als Begründung, nicht an der Taufe teilnehmen zu müssen. Also kein Entkommen. Hier ist „alternativlos" angebracht. Für die Passagiere ist die Teilnahme freiwillig. Am nächsten Morgen werden die Täuflinge zuerst in die achtern auf Deck stehende Minitoilette gesperrt. Gedacht zur Nutzung durch eine Person, gefüllt aber mit fünf und dies bei einer Außentemperatur von über 40 Grad Celsius. Die Qual der Innentemperatur wurde übertrumpft durch den Gestank der am Vorabend deponierten faulen Fische, dem alten Romadur und anderem. Zur Erfrischung wurde von Zeit zu Zeit einer herausgeholt, in eine Hundehütte gesteckt und mit einem druckvollem Wasserstrahl abgespritzt. Auf dem heißen Teerboden auf Deck wurden wir, auf Knien rutschend, zur Anrufung des Gottes des Meeres Poseidon oder Neptun mit seinem dreizackigen

Stab und seiner Frau Thetis gebracht. Nach einer kurzen Ansprache, in der erklärt wurde, dass durch Spenden von Kästen mit Bier jede Prozedur verkürzt werden könnte, und anschließender Körperbemalung ging es zum Onkel Doktor. Ich wurde auf eine Leiter gelegt und mit einer dicken eisernen Schiffskette umwickelt. Der im weißen Kittel gespielte Doktor hörte mit einem Stethoskop, das aus einem mit Coca-Cola-Deckeln benagelten Holzklotz bestand, meine Brust ab. Bei den Drehbewegungen begannen meine Brust und deren Warzen zu bluten. Die nächste Station war einfach: der Frisör. Meine Haare, immer noch schulterlang, wurden ebenso wie mein Oberlippenbart jeweils mittig eliminiert. Das bedeutete, von der Mitte nach links wurde die Hälfte aller Haare meines Kopfes und von der Mitte der Oberlippe nach rechts die Hälfte des Schnurrbartes rasiert. Um dann vom Frisör zur Taufe zu kommen, musste ich durch einen meterlangen Windsack mit circa 50 Zentimeter Durchmesser kriechen, der von der Zielöffnung aus durch einen Hochdruckschlauch mit Wasser gefüllt wurde. Das steigende Wasser in dem engen Schlauch war wirklich beängstigend. Wenn Kopf oder Rücken die Sackoberfläche berührten, wurden sie mit Stöcken bearbeitet. Endlich am Ziel, wurde ich noch an einem der Bordkräne über zehn Meter hochgehievt, um dann in Schwingbewegungen hoch- und runtergezogen zu werden.

Dann endlich die Taufe. Ein Schwimmbecken mit zwei Sklaven, von Kopf bis Fuß schwarz angemalt. Sie tauchten den Täufling solange unter Wasser, bis der sich der richtigen Menge an Bierspende genähert hatte. Anschließend, unter großem Applaus und dem Vernichten des gespendeten

Bieres, die Übergabe der Taufurkunden und die Bekannt-
gabe des Taufnamens. Meiner ist Wels, der Fisch mit dem
langen Schnurrbart, ähnlich dem meinen vor dem Besuch
beim Tauffrisör. Na ja, der Bart und die Haare würden sich
bis zum ersten Hafen in Asien schon wieder erholt haben.
In früheren Zeiten war die Taufe um einiges gewagter. Da
gab es zum Beispiel das Kielholen. Da wurde der Täufling
mit einem Seil unter dem Schiffskiel von einer zur anderen
Seite hindurchgezogen. Es heißt aber auch, dass dies nur zur
Bestrafung diente. Davon spricht man unter anderem auch
heute wieder bei den Von-und-zu-Guttenberg-Turbulenzen
an Bord des Segelschulschiffes Gorch Fock.

Nach mehr als 10.000 Kilometern und einem kurzen
Zwischenstopp in Kapstadt zur Aufnahme von frischen Le-
bensmitteln ging es sofort weiter um die Südspitze Afrikas
herum, backbord vorbeifahrend an Madagaskar in den In-
dischen Ozean hinein. Bis Malaysia weitere 10.000 Kilometer
und 14 Tage Wasser, Wasser, nur Wasser. Das Meer in allen
möglichen fantastischen Farben und Formen. Von ganz glatt
ohne Wellen und ganz in Schwarz, die dunkelrote Sonne
des Sonnenuntergangs spiegelnd, über viel Sonne mit einer
leichten Brise und die Begleitung von Delphinschwärmen im
Wasser und riesigen, segelfliegenden Albatrossen mit bis zu
dreieinhalb Meter an Flügelspannweite in der Luft bis hin
zum Pfeifen und Heulen des Windes bei höchster Stärke und
gespenstigen weißen Schaumkronen, auf- und abreitend auf
riesigen, meterhohen Wellen.

An Bord herrschte Friede, Freude, Eierkuchen. Ein gemüt-
liches Zusammenleben und Kennenlernen. In meinem Falle

vor allem der Passagiere. Bei diesen wurde auch ein weibliches Wesen geduldet. Es gab eine Dame, 54 Jahre alt, aber recht flott. Angesichts dieses Umstandes und nach über vier Wochen zur See meldete sich verstärkt der natürliche Trieb des Mannes. Da ich auch für die Kabinen und Betten zuständig war und außerdem immer für guten und kompletten Service stand, war eine Affäre die unvermeidbare Konsequenz der Umstände. Es war übrigens das erste und einzige Mal in meinem Leben, dass sich eine Beziehung zum anderen Geschlecht in einem Alter von 30 plus aufbaute. Abgesehen von meiner Gattin, die im Jahr meines 55. Geburtstages auch die 30 überschritt.

Schon bald hörte ich asiatische Klänge im Radio und ich wusste, es wird bald Land zu sehen sein. Bis heute bin ich in die ruhigen Klänge asiatischer, mit originalen Instrumenten gespielter Musik verliebt. Sie erzeugt alle möglichen Gefühle, aber vor allem die von Ruhe und Glück. Wir fuhren in die Strait of Malacca, den Kanal zwischen der in unserem Fall steuerbord liegenden indonesischen Provinz Sumatra und dem backbord liegenden Malaysia. In der Nähe des Hafens von Penang wurden wir von vielen kleinen Booten empfangen und bis wir uns umsahen, hatten wir viele malaysische Eingeborene an Bord. Vom Frisör – bei mir aktuell nicht unbedingt von Nöten – bis zu Verkäufern von Schallplattenplagiaten, Schmuck, Seidenkrawatten, Souvenirs usw. Man konnte sich für ein Butterbrot innerhalb von drei Tagen einen maßgeschneiderten Seidenanzug anfertigen lassen. Natürlich waren auch Käufer darunter, von Schmuggelware wie Whisky und Zigaretten. Der Kapitän unseres Schiffes gab sofort die Durchsage, zur Vorsicht alle Kabinen abzuschließen. Dieser Hafen, wie auch die nächsten zwei, Port Swettenham und Kuala Lumpur, die Hauptstadt Malaysias, sind heute sicherlich mit die größten Häfen Asiens.

Damals konnte man Penang als einen aus Holzpfählen bestehenden Anlegeplatz zum Ankern und Festzurren der Schiffe beschreiben. Anfang der 70er Jahre, Gott sei Dank, noch ohne Coca-Cola, ohne McDonald's, keine Handelsgruppen, keine umweltvernichtenden Resultate von Industrie und Bauwirtschaft, von gewinngierigen Investoren und Spekulanten des Westens, damals waren damit die USA gemeint, und keine Touristenfluten. Nein, hier war es noch ruhig, traditionell, mit einer beschaulichen Rikscha-Fahrt zu vielen kleinen Restaurants und Straßenimbissen, in denen man die Spezialitäten des Landes genießen konnte. In den Restaurants, in denen man auf Kissen am Boden saß, wurden Speisen und Getränke von Geishas auf den Knien zum Tisch gebracht und serviert. Auch das Angebot an menschlicher Nähe für die ausgehungerte Crew fehlte natürlich nicht, wie auch sonst in keinem Hafen. Wie in der Tierwelt nicht jeder Vogel gleich aussieht und gleich singt, so auch hier. Eine andere Kultur, ewiges Lächeln der Gesichter durch die geschlitzten Augen, aber auch hier galt: Profi ist Profi und der Rubel, der muss rollen. Unsere Passagiere waren die ersten, die von Bord verschwanden, und die letzten, die wieder eincheckten, wie auch alle Crewmitglieder, die die Möglichkeit dazu hatten. Ich glaube, die Frage danach, was der Steward machte, erübrigt sich. Dreimal S: Sightseeing, Shopping und Schwalben. Sie wissen schon, was ich meine. Die Hamburger nennen sie Bordsteinschwalben. Es sind die gleichen, die mir im Münchener Rotlichtmilieu in meinen neuen Lebensweg geholfen hatten, nur hier nicht importiert, sondern die Originale vor Ort. Für einen wie mich, Anfang 20, war das Abenteuer pur. Es gab natürlich auch unter den Matrosen Chaoten, die sich besoffen mit anderen anlegten und dann eingesperrt wurden. Die Offiziere hatten dann immer die Arbeit, die Sache, meist finanziell, wieder hinzubiegen. Seit meinem ersten Rausch bei einer Faschingsfeier unseres Sportvereines, als man mich um 22 Uhr nach Hause brachte, alle anderen dann um 4 Uhr morgens betrunken ankamen und ich wieder nüchtern war, hat mich nie mehr jemand betrunken gesehen. Ein Problem weniger, vielleicht.

Nach ein paar Tagen ging es zum nächsten Hafen und Abenteuer. Da unser Purser oder Zahlmeister in jedem Hafen einen Vorschuss in der jeweiligen Landeswährung auszahlte, war auch finanziell keine Not zu sehen. Unsere Reise ging jetzt nach Singapur, übersetzt: die Löwenstadt. Da fallen mir gleich die Münchener 1860er ein, kein guter Vergleich. Eine Stadtstaat-Insel mit circa fünf Millionen Einwohnern, davon fast die Hälfte Immigranten wie Chinesen, Malaien und Inder mit Religionen von Buddhismus, Islam, Taoismus bis Hinduismus und Christentum. Wer weiß, da könnten unsere Politiker bestimmt noch etwas lernen und hier ein Seminar zum Thema Integration besuchen. Es ist außerdem das Land mit dem höchsten Lebensstandard Asiens und weltweit sogar an elfter Stelle. Die Politik fördert die Zuwanderung, um so die Überalterung der Gesellschaft zu verhindern. Interessant, da haben wir doch auch ein Problem, oder? Der

Stadtstaat konnte aber schon in den frühen 70er Jahren eine große und für jeden sichtbare Wirtschaftsentwicklung erreichen. Was das Vergnügen betrifft, ist das Ziel in Singapur die Bugis Street mit ihren Restaurants jeder Art, dem Nightlife für jedermann und den dort defillierenden, als „Billy Boys" bekannten, kaum von Frauen zu unterscheidenden und oft sogar sexier aussehenden Transvestiten. Das Land hat aber auch mit die strengsten Gesetze bezüglich Drogen und anderem und verzeichnet im internationalen Vergleich die meisten vollstreckten Todesurteile. Trotzdem, auch hier alles Spaß, grandios und durch den Wettbewerb der Multikultigesellschaft mit westlicherem Eindruck.

Jetzt aber ging es immer mehr auf eine meiner drei Traumstädte zu, die Stadt Hongkong. Aber zuerst durch das südchinesische Meer zum fast 3.000 Kilometer oder eine Woche Fahrt entfernten Hafen Manila, der Hauptstadt der Philippinen. Ein Land, bestehend aus circa 7.000 Inseln. Gut, eine Woche, um Psyche und Körper für die nächsten Abenteuer wieder in Topform zu bringen. In dem damals noch Spanisch sprechenden Land blieben wir nur für zwei Tage und schipperten weiter nach Taipeh in Taiwan, dem Land des – wie man heute humorvoll sagen würde – Von-und-zu-Guttenberg oder einfach: des Plagiats.

Nun zurück zum Hafen und der Reproduktion von großen Schallplatten, weltweit berühmter Hits und dies ohne GEMA oder bezahlte Urheberrechte. Eine Langspielplatte, in Deutschland zu kaufen für ungefähr 15 bis 25 Mark, gab's hier zum Sonderpreis von einer einzigen. Die gesamte Crew kaufte natürlich jede Menge von Platten für zu Hause.

Endlich war es so weit, von Taiwan aus nur noch eine Tag-
und Nachtreise bis zu dem damals zum britischem Empire
gehörenden Hongkong. Laut einer noch existierenden Ansichtskarte war es der 5. März 1970 und ich stand kurz vor
meinem 23. Geburtstag.

Bis Anfang der 80er Jahre noch wenig bekannt, aber dann
dank sich relativ schnell entwickelnder Wirtschaft seinem
Namen Bedeutung gebend, war Hongkong – auf Deutsch:
der duftende Hafen – einmal der am dichtesten besiedelte
Ort auf Erden. Er beherbergt heute über sieben Millionen
Einwohner, schon damals waren es fast vier. Die Einwohner-
zahl hat sich in den letzten 60 Jahren fast verzehnfacht. Für
einen Deutschen aus dem bayerischen großen Dorf München
oder auch aus Hamburg ein Wahnsinn! Damals schon mit
vielen Wolkenkratzern. Die Haupteinkaufsstraße, die Nathan
Road, ist einige Kilometer lang und hat eine unglaubliche
Licht- und Farbenpracht. Den ersten McDonald gab es trotzdem erst 1975, aber der wurde hier mit Sicherheit noch nicht
vermisst. Es war ein Gewusel an Fußgängern, Radfahrern,
Rikschas, Autos und Bussen auf den modernen Straßen und
Straßenmärkten, wo Hunderte von Essenszubereitern und
Verkäufern arbeiteten und wohnten. Dann wieder ein Fünf-
Sterne-Hotel wie das Mandarin Oriental, mit Teppichen so
dick und flauschig, dass man glaubte, auf Wolken zu schwe-
ben. Mit feinsten Restaurants, tollen Bars und schicken Bou-
tiquen. Die Stadt besteht aus Kowloon auf dem chinesischen
Festland und dem Hong Kong Island. In den Kanälen gibt es
Tausende von Dschunken, auf denen die armen Fischer woh-
nen und leben. Boote mit Kindern, Haustieren, Wäscheleinen

voller Wäsche und allen möglichen Pflanzen. Von der Blume bis zum Gemüse alles an Bord. Mit einem Boot konnte man durch den Hafen von Aberdeen gleiten und das Leben auf den Fischerbooten genau beobachten oder auch in 50 Minuten zur ehemals portugiesischen Kolonie Macau fahren. Wie seit Anbeginn der Zeiten findet man überall dort, wo Armut herrscht, Prostitution – aber ganz ehrlich gesagt auch dort, wo nicht.

Die Darstellung, die Vermarktung und die angebotenen Dienstleistungen unterscheiden sich natürlich überall. Hamburg, Hongkong oder München kann man ohne Zweifel kaum vergleichen. Hier in Hongkong liefen die kleinen, vielleicht fünfjährigen Jungs durch den Hafen und sprachen dich an mit einem „You wan't to fuck with my sister?" oder „You like to see a ping pong show?" und das für 5 Dollar. Das erste Angebot in dieser Form und das Freudenhaus waren mir zu animalisch und reizten mich überhaupt nicht, schon in einer Bar holte ich mir das, worum man mich im Münchener Bahnhofsviertel so getäuscht hatte. Diese mir unbekannte Ping-Pong- oder Peep-Show dagegen erregte meine männliche Neugier und Fantasie schon.

Auf dem Bett eines halb dunklen Hotelzimmers kniete eine nackte, nicht mehr ganz junge Frau mit allerlei Accessoires um sich herum. Um das Ganze zu vereinfachen: Es ging immer nur darum, die Geschicklichkeit ihrer rasierten Muschi zu zeigen. Einmal rauchte sie damit, dann wurden eingeführte Eier mit gegackerten Lauten wieder abgegeben, bevor, als Highlight, ein hineingesteckter Pinsel in ein Tintenfass getaucht und auf eine am Boden liegende Zeitung ein „Thank you" gemalt wurde. Von sexy oder Erregung auf irgendeine positive Art keine Spur. Sie machte ihren Job mit der gleichen Routine und Begeisterung wie eine Minijobberin beim Auffüllen eines Supermarktregals. Gut, man soll ja alles mal gesehen haben, aber in diesem Falle nur einmal. Mein ältester Sohn ist 40 Jahre später, also 2010, durch Thailand getourt und erzählte mir, dass es diese für Frauen doch sehr abwertende Touristenattraktion bis heute noch gibt. Auch meine älteste Tochter hat ihren Gatten in Thailand da hineingezerrt.

Wie alles und immer wieder, das Neue bleibt nicht neu und das Schöne vergeht, damit dann wieder etwas Neues und Schönes nachkommen kann. So war auch der Abschied von Asien gekommen. Langsam verschwand die Küste und zuletzt auch die von mir so geliebte Musik.

6.

Wir waren auf der Heimreise. Alle waren sie noch da. Toll, denn nicht in jedem Hafen war hinterher eine noch vollzählige Crew an Bord. Die männlichen Bediensteten des Schiffes stellten sich beim Schiffsanitäter an, um eine Spritze in Empfang zu nehmen, wir sollten uns nicht zu Importeuren von Krankheitserregern entwickeln. Gut, denn nach vielen Häfen und wenig Abstinenz in fast allen Bereichen ist eine Vorsorge auf keinen Falle fehl am Platz. Man könnte verantwortungstechnisch auch sagen: Es konnte nicht darauf verzichtet werden und war unbedingt notwendig. Die Reise nach Hause war die Zeit, Klarschiff zu machen, vom Schiff angefangen bis zum Innersten fast jeder einzelnen Seemannsseele. Man musste ja rein zu Hause bei Frau, Freundin und allen anderen ankommen. Wie alle freute auch ich mich, nach einer Reise um die ganze Welt von über 40.000 Kilometern wieder im Elbekanal das Begrüßungsritual und bald darauf das meiner Freundin zu erleben. Dachte ich. Aber da es eben oft anders kommt, als man denkt, kam nach dem Anlegen des Schiffes und dem Befestigen der Gangway nicht meine bis dahin jedesmal dort winkende Freundin, sondern „dein Freund und Helfer" an Bord, die Zollbeamten in Begleitung der Hafenpolizei, um einen Maximilian F. aus der Mannschaftsaufstellung herauszupicken und festzunehmen. Tränen bei meiner Freundin, Tränen bei mir. Obwohl die Offiziere sich alle für mich einsetzten und mit der Polizei sprachen, gab es kein

Entkommen. Die Zuständigkeit war in München und damit keine Frage für Hamburgs Polizei.

Wie sich später immer wieder herausstellen sollte, ist das Unerledigte im Leben solange präsent und holt dich immer wieder ein, bis es erledigt ist. In diesem Falle nicht der grüne VW, sondern das mir zum Verkauf überlassene und in der Nacht auf winterlicher Münchener Straße durch ein anderes Fahrzeug zerstörte Auto. Der Besitzer, ein Herr C. K., hatte verständlicherweise Anzeige wegen Betruges gestellt.

Nach der Verhaftung im Hamburger Hafen ging es dann auch direkt in den Knast. Anschließend bekam ich eine Freifahrt in der grünen Minna, dem Polizeibus, über alle Städte mit Haftanstalten von Nord nach Süd und an den Wochenenden den verlängerten Extraaufenthalt. Am Mittwoch, den 6. Mai 1970, als die standesamtliche Hochzeit meines Vaters und Bruders war, habe ich gerade, auf den Weitertransport wartend, in Würzburg gesessen. Dann endlich, wie immer wieder in München angekommen, hat mich mein Vater mittels einer kleinen Kaution sofort aus der U-Haft-Zelle im Münchener Justizpalast freibekommen. Da ich sehr jung war, keine vorsätzliche Betrugsabsicht bestand und es auch keine Vorstrafe gab, wurde ich am Amtsgericht mit einer Geldstrafe freigesprochen. Das heißt, keine Eintragung als Vorbestrafter. Gerade noch einmal gut gegangen. Der C. K. hatte dann einen Titel zur Vollstreckung, der ihn aber in meiner Situation nicht wirklich vorwärtsbrachte. Die damalige Ist-Situation war mir ja nicht mehr ganz unbekannt. Ohne Geld, ohne Arbeit, ohne Unterkunft, Schulden bei Justiz und Papa, aber mit freiem Transport und Polizeigeleit zurück in die Heimat.

Gut, als verlorener und dann zurückgekehrter Sohn konnte ich vorerst bei Papa und Gerda, seiner neuen und 17 Jahre jüngeren Gattin, wohnen. Wie sagt man, der Apfel fällt nicht weit vom Stamm? Die genaue Bedeutung dieser Redensart lag aber noch in der Zukunft.

Das Thema Arbeit ist an dieser Stelle für mich und auch für den Leser keine Überraschung mehr: das in Notsituationen immer wirkende Zauberwort, die Gastronomie, mit sofortigem Job als Kellner und täglich winkt das Trinkgeld. Schon geht's wieder aufwärts. Der Name: Kaffee Schiller – Restaurant, Kaffee und Imbiss in der Schillerstraße am Hauptbahnhof und eine Bestätigung aller Vermutungen eines nicht gerade First-Class-Place. Es war mehr ein Lokal mit all den im Rotlichtmilieu anzutreffenden Akteuren von Zuchthäuslern, Zuhältern bis zu Prostituierten. Auf jeden Fall ein nicht als langweilig zu bezeichnender Arbeitsplatz. Nach meinen Informationen waren die Inhaber drei Ehepaare. Sie hatten das ideale Konzept: Zwei Paare arbeiteten zwei Monate lang je eine Schicht von zwölf Stunden und das dritte machte Urlaub. Somit hatte jedes Paar alle drei Monate Urlaub. Finde ich klasse und nachahmungswert. Gut, die mit Sicherheit bestehenden Schwierigkeiten bei so einem Geschäftsmodell bekam ich natürlich nicht mit. Das Kaffee, neu gestaltet und renoviert, funktioniert auch heute noch so.

Eines schönen Abends begrüßte ich eine groß gewachsene, mit langem schwarzem Haar geschmückte Frau mit Hund und einem schwulen, dunkelhäutigen, damals noch als „Neger" bezeichneten Mann. Eine Lady aus Kanada. Und wie sich später am gleichen Abend nach dem schon seit Monaten

überfälligen Abbau meiner männlichen Hormone herausstellte, auch noch in Besitz zweier kleiner Kinder. Frau mit
Kind oder besser zweien scheint meine Vorsehung zu sein.
Soweit ich mich erinnern und an den Fotos meiner Biografen-
Helferin, auch meine Schwägerin genannt, nachvollziehen
kann, muss ich doch feststellen, dass sie außer dem langen
Haar weit weg von meiner Idealfrau war. Es kam daher vorerst auch zu keiner weiteren intimen Begegnung. Meine, auch
für sie, leicht verständliche Erklärung war meine Müdigkeit,
begründet durch meine Arbeitszeit, die immer erst in den
frühen Morgenstunden endete. Durch meine Sympathie-
bezeugung in der ersten Nacht bzw. am Morgen hatte ich
einen dauerhaften Fan gewonnen. Sie erzählte mir, Inhabe-
rin zweier Restaurants in Kanada zu sein und dass sie sich
meine Person als Geschäftsführer vorstellen könne. Besser,
sie lud mich dazu ein, mit allem Drum und Dran. Also, positiv gesehen, Flugtickets, eine Wohnung und ein Job. Wie alles
hatte auch dies hier eine Kehrseite. Eine auf Fortsetzung der
ersten Nacht wartende heiße, aber von mir nicht geliebten
Frau, ein schwuler N., zwei Kinder und ein Hund. Gut, das
Erste wird sich, wie auch immer, von alleine klären, mit dem
Homo musste ich nicht schlafen, von den Kindern war ich
nicht der Vater und den sehr schönen, aber hypersensiblen
Afghanischen Windhund konnte man ja in Kauf nehmen.
Wie heißt es so schön: „No risk, no fun." Wobei das Wort
„fun" zwar auf das Abenteuer der Reise nach Kanada, aber
nicht auf die Gesamtsituation angewendet werden konnte.
Chemielaborant, Zeitungsdrücker, gescheiterter Unterneh-
mer und Kellner waren nicht gerade die idealen Grundlagen

für eine tolle Karriereaussicht und Zukunft. Aber Geschäftsführer, das hörte sich doch gut an und ließ mir aus meiner derzeitigen Sicht auch keine andere Option. Meine Familie durfte dieses Mal an meinem Glück teilhaben. Die Gedanken aus ihrer Sicht darauf kannte ich nicht, konnte sie mir aber doch vorstellen. Resümierend und in einigen Wort zusammengefasst, war es dann so: Der spinnt, unverbesserlich, der lernt's nie, dagegen ist kein Kraut gewachsen usw. Wobei ich in der Auswahl der Ausdrücke wahrscheinlich um einiges zu feinfühlig bin.

Alles wurde geplant und vorbereitet. Am Vortag unserer Abreise waren wir noch zur kirchlichen Doppeltrauung meines Bruders und dessen bestem Freund eingeladen. Der beste Freund – mein Namensvetter, aber mit „h" in der Mitte und Ex-Besitzer des grünen VW – heiratete die Schwester der Braut meines Bruders oder dessen Schwägerin. Bei der schönen Hochzeit wurde der Kanada-Clan nur von meiner zukünftigen Chefin und dem Afghanen vertreten. Bei meinem Vater übernachtend, hat der Hund durch ein kurzes Wasserlassen seine langfristige Visitenkarte auf dem Bettzeug hinterlassen. Da das mit dem Glück bringen ganz alleine den Vögeln vorbehalten ist, hat meine Schwiegermutter, in kurzem Prozess, alles in die Mülltonne entsorgt.

Voller Freude und Erwartung flog die ganze Truppe nach Kanada. Erst nach Toronto und dann nach British Columbia, Vancouver. Nach der ersten Nacht im Hotel wurde sofort mit Erfolg eine Wohnung gesucht, also wohnte man in der zweiten Nacht schon in der neuen Adresse, der Barnaby Street. Direkt an der Küste, vier Straßen von der Beach Ave und dem Sunset Beach der English Bay und nicht weit entfernt von dem auf der anderen Seite liegenden Hafen. Zwischen dem Apartment und dem Hafen befand sich das deutsche Viertel mit allem, was sich so ein Immigrant aus deutschen Landen wünschen konnte. Frisch gebackene Brötchen vom deutschen Bäcker und andere, meist kleinere, für den deutschen Geschmack produzierende und verkaufende Läden deutschstämmiger Kaufleute. German spoken, ganz klar. Ja, wenn man Geld hat.

Nachdem der Wohnungseinzug so schnell und glatt verlaufen war, würde auch dies kein Problem sein. So dachte ich. Auch beim Kauf der Wohnungseinrichtung zeigte sich meine Gastgeberin sehr großzügig. Alles vom Feinsten und Besten. Sie bezahlte mit einer der Karten aus ihrer Creditcard-Collection. Leider konnten die Möbel dann immer nicht geliefert werden. Der Grund und das in Kanada: no Money! Nicht so schlimm, ich hatte ja bestimmt an die 50 Dollar. Gut, es gab zwar keine Betten, aber noch zu Essen. Meine Gastgeberin, auf meine intimere Gesellschaft, auch ohne Betten, vergebens wartend, ließ mich im Unklaren. Sie ging jede Nacht mit ihrem jungen, sexuell gesehen, Halbmann aus und Kinder und Hund blieben in meiner Obhut. Nach ein paar Nächten und steigender Unzufriedenheit durchwühlte ich das Gepäck der Rabenmutter und entdeckte interessante und klärende Briefe. Aus der Feder eines Schweizer Verehrers und des Besitzers der auf mich wartenden Restaurants, die darüber Auskunft gaben, dass ihr gutgläubiger Freund ihr die Reise nach Großbritannien finanziert hatte, um ihr eine lebensrettende Lebertransplantation zu ermöglichen. Auch wenn ich jetzt die Wahrheit wusste, was tun? 50 Dollar, ein Koffer und die immer noch fast weiße Adidastasche. Na ja, das hatten wir schon alles. Jetzt ein bisschen weiter weg und mit einem weiteren großen Problem. Da ich keine Lust verspürte, die Gelüste der Dame zu befriedigen, und ich meinen Unwillen über die Situation auch nicht verstecken konnte, forderte sie als Revanche die Rückzahlung des für mich bezahlten Flugtickets. Im Prinzip auch kein Problem, aber sie hatte meinen Pass und ohne den ist man überall ein Niemand.

Nach einigen Tagen sah ich mich im nahe gelegenen Hafen um. Das Seemannsheim wäre eine Option gewesen, aber auch hier gab es nichts umsonst. Ich lernte Leute, deutsche Seeleute, kennen. In der Wohnung gab es nur im Bad zwei abgeschlossene Schubladen und – Bingo! – in einer war mein Pass. In dieser Nacht schlief ich im Seemannsheim. Einer der Deutschen besorgte mir ein Bett, das ich aber nur durch ein Fenster erreichen konnte. Am nächsten Abend ging ich mit einem echten Matrosen, eins neunzig groß und fast so breit, in die Barnaby Street, um mein Gepäck zu holen. Meine „Freundin" mit Hofstaat holte die Polizei. Nach etwas Hin und Her erklärten sie ihr, dass das Einbehalten eines Passes unter gar keinen Umständen oder nur den Behörden gestattet ist.

Aus mit dem Geschäftsführertraum und auch mit allem anderen. Ich traue es schon gar nicht mehr zu wiederholen: wieder kein Geld, kein Haus, keine Arbeit. Mein Leben war und ist am besten mit der jedermann bekannten Komposition von Ravel zu vergleichen, dem „Bolero". Mit dieser sich immer wiederholenden, von C- über D- nach E-Dur wechselnden Musik unter Einsatz von verschiedenen, sich nacheinander hervorhebenden Musikinstrumenten. Auch die Instrumente sind immer die gleichen bei gleicher Orchesterbesetzung.

Gut, im Moment blieb mir noch die illegale Schlafstelle im Seemannsheim und der Matrose, das deutsche Konsulat nicht zu vergessen. Auch das bringt Erinnerungen hervor. Zuerst bin ich mit dem Matrosen stundenlang im Hafen herumgelaufen. Ich hatte ja ein weltweit anerkanntes Seemannsbuch. Aber es war einfach nichts zu machen. Doch eine Mahlzeit beim Chinesen im Hafen war drin, ein ganzes Drei-Gänge-Auswahlmenü. Zur Vorspeise eine Wan-Tan-Suppe oder spring rolls, als Hauptgericht rice, fried chicken with bamboo and mushrooms und als Dessert gebackene sweet and sour ananas. Für diese ganze, wirklich auch geschmackvolle, von der Menge her ausreichende und insgesamt zufriedenstellende Leistung bekam unser Asiate sage und schreibe nur unglaubliche 50 Cent. Aus welchem Teil des Hundes das Huhn war oder ob der Nachbar zu große Portionen servierte und da eventuell weiterzuvermarktende Reste übrig blieben, das weiß kein Mensch. Interessierte in dem Moment auch keinen und auch mich nicht. Gut gegessen und satt, ging's auf zum deutschen Konsulat. Der Situation angepasst, mit Tränen in den Augen – das wirkt immer, vor allem, wenn nicht gespielt –, erzählte ich meine Geschichte von der verunglückten Kanada-Karriere. Die, wie meist in Konsulaten, sehr engagierte Mitarbeiterin sah für den Moment keine Möglichkeit, mir zu helfen. Das mit dem „sehr engagiert" ist selbstverständlich ironisch gemeint. Konsulat, welcher Nation auch immer, und Engagement für den Otto Normalverbraucher sind ein Widerspruch.

Doch da kam wie immer mein Schutzengel. Eine seit Generationen in dem deutschen Viertel wohnende und noch Deutsch sprechende ältere Dame. Zum Glück des traurigen Ritters nutzte sie ihre angeborene weibliche Neugier und lauschte meiner Erzählung. Gerührt kam sie auf mich zu und bot mir an, mir eine Visitenkarte in die Hand drückend, sie nachmittags anzurufen. Sie werde mit ihrem Mann sprechen, ob ich eventuell bei ihnen wohnen könnte. Bei ihnen, deutscher Abstammung und mit zwei schon erwachsenen, nicht mehr im Hause wohnenden Kindern, wäre Platz für mich. Voller Spannung wartete ich darauf, zur angegebenen Uhrzeit anrufen zu können. Auch hier dann das Gott sei Dank: Sie luden mich zu sich nach Hause ein, in ein in deutscher Tradition gepflegtes Einfamilienhaus mit Garten. Jetzt hatte ich ein Zimmer ganz für mich alleine und ohne auch nur einen Pfennig dafür zu bezahlen. Am nächsten Morgen dann Kaffee mit meiner neuen Familie. Aber nicht einfach so. Nein, mit schön gedecktem Tisch, Kaffee, frischem Orangensaft, Müsli mit Milch und frischen Früchten. Das Ganze mit Servietten, glänzender Tischdecke und mit Blumen dekoriert. Sogar das weich gekochte Viereinhalb-Minuten-Ei fehlte nicht. Maximilian, zwar ohne Eva, aber dafür auch ohne Schlange im Paradies. Also der Stand der Dinge: liebevolle Fürsorge, schöne Wohnung, beste Verpflegung. Fast perfekt bis auf die Arbeit. Aber wie gehabt, würde das wohl kein Problem sein mit dem Zauberwort – jeder kennt es schon, es ist wie der Refrain eines Liedes oder eines Teils meines Lebens: Gastronomie, Kellner, Taschengeld und juhu. Das wie vielte Mal? Ich habe schon das Zählen vergessen.

7.

Nach Durchsicht von Stellenanzeigen stellte ich mich als Hilfskellner im Hotel Bristol vor. Am Tag darauf rannte ich schon durch das elegante Restaurant, um meiner verantwortungsvollen Aufgabe nachzukommen. Mein Zuständigkeitsbereich war der immer saubere Tisch, vom Ein- bis zum Abdecken. Üblich war auch die immer am Tisch stehende Kanne mit frischem Wasser und dem Korb mit Brot. Das Trinkgeld, besser mein Trinkgeld, war von dem Goodwill des dem jeweiligen Tisch zugeteilten Kellners abhängig. Aber trotzdem waren schon bald tägliche Habenbuchungen zu verzeichnen. Am Monatsende dann der normale Lohn. Nach dem zweiten Monat wurde ich befördert und bekam die Gelegenheit, die Getränke zu servieren.

Während ich im Moment hier auf dem Balkon in der Sonne sitze und über meine Vergangenheit vor ungefähr 40 Jahren nachgrüble, singt ein kleiner Zeisig vom gegenüberliegenden, seine Knospen öffnenden Baum sein Frühlingslied. Es ist gar nicht so einfach, in die Vergangenheit zurückzublicken, wenn sich im Moment so viele Dinge rundherum tun. Heute sind die für mich weniger wichtigen, aber für die Bundesratsmehrheit doch einflussreichen Landtagswahlen in Sachsen-Anhalt und gestern begann gegen Gaddafis Regime der Kampfeinsatz der vom UNO-Sicherheitsrat beauftragten Streitmacht aus 20 Staaten dieser Welt. Die Distanz von Libyen zu Europa, besser gesagt zu Sizilien, beträgt nur circa 500 Kilometer. Bei einem Krieg, dessen Folgen, wie bei fast jedem, ganz einfach nicht vorhersehbar sind. Die Welt oder die Menschen auf ihr lernen eben nie dazu. Deutschland enthielt sich der Stimme im Sicherheitsrat. Unsere Minister und vor allem Frau Merkel hätten wahrscheinlich größte Schwierigkeiten, vor dem Hintergrund von sieben Landtagswahlen, einen Einsatz deutscher Soldaten im Ausland zu erklären. Auch hier ein Gott sei Dank!

Das schlimmste Ereignis kommt aber aus meinem verehrten Asien, aus Japan. Zuerst ein Erdbeben der Stärke neun, darauf folgend ein Tsunami mit der Zerstörung von allem, was sich ihm in den Weg stellte, mit vielen Tausend Opfern und über Hunderte von Kilometern verwüsteter Küste. Aber damit nicht genug. Die teilweise Zerstörung der Kühlaggregate von vier Kernreaktoren verseuchen alles sich im Umkreis von Fukushima Befindliche und bis zu diesem Moment droht die Gefahr eines atomaren Supergaus. Bis Tokio mit über 30 Millionen Einwohnern ist es nur ein Katzensprung von 200 Kilometern. Dies musste ich kurz erwähnen, um meine doch sehr komfortable Lage von heute, wie auch in der Erzählung damals in Kanada, hochleben zu lassen.

Zurück zur Realität der Vergangenheit. Ist Vergangenheit überhaupt Realität oder doch eher die Gegenwart, das Heute und das Morgen? Gibt es überhaupt die Realität? Ich persönlich glaube nicht daran. Alles ist Kopfsache, Einstellung und innere Haltung, wie mein Bruder Herbert immer und in diesem Falle ganz richtig sagt. Die Hexe erzählt die gleiche Geschichte ganz anders wie die Fee. Also korrigiere ich mich: Zurück zu der von mir wahrgenommenen Realität der Vergangenheit, zurück nach Vancouver. Hier hatte das Leben seinen, auch für mich, wünschenswert zu bezeichnenden Gang genommen. Das Glück war zurück und es kam noch die Eva dazu. Alles komplett. Unterkunft, Job, Speis und Trank plus eine Freundin. Da das Visum für deutsche Touristen nur sechs Monate galt und es nicht zum Arbeiten geeignet war, beantragte ich die Arbeits- und Aufenthaltsgenehmigung. Währenddessen arbeiten, Geld verdienen und das Leben genießen. Die Zukunft für einen Optimisten just perfect. Darum heißt es auch, dass er an der Realität des Lebens vorbeilebe. Meine Theorie war schon immer, dass Positives wie Negatives einen Zyklus durchleben. Das heißt, sie haben beide einen Anfang und ein Ende in periodischen Abständen. Ich habe immer das Positive bewusst gelebt und das Negative so gut wie möglich ignoriert. Das klappt, Kopfsache. Wohin es führt, zeigt sich in einem Leben erst im Finale nach dem allerletzten Ende beider Zyklen. Außerdem habe ich die Erfahrung gemacht, dass ich nicht immer das bekommen kann, was ich gerne möchte. Also habe ich gelernt, immer das zu mögen, was ich bekomme.

Wie in den biblischen Erzählungen befand ich mich hier wie Adam und Eva im Paradies. Meine Pflegeeltern waren wirklich toll und verwöhnten mich, wahrscheinlich all das nachholend, was ihnen bei ihren Kindern nicht möglich gewesen war. Aber da fehlte doch noch etwas. Die Schlange. Ja die Schlange und schon war sie da in Form der Ablehnung meines Immigrationsantrages und der Mitteilung, Kanada innerhalb von 14 Tagen zu verlassen. Nur ein Brief und alles änderte sich innerhalb des Bruchteiles einer Sekunde. Die lieben Pflegeeltern, das nette Heim, die liebe Freundin und das täglich neue Trinkgeld, es hatte plötzlich alles eine neue Wertigkeit. Von Hundert auf fast null. Um nicht bei null zu bleiben, musste ich also Alternativen suchen. Kommt einem bekannt vor, oder? Ohne Heim, ohne viel Geld und wohin? Wird schon fast langweilig. Nur die Situation war wie immer auch hier ein wenig anders und dann doch weit weg von langer Weile. Die Alternative war: zurück nach Deutschland oder ins Nachbarland USA. Das Geld reichte nicht für ein Ticket, also versuchte ich, in meiner Freizeit, in permanenter Begleitung meiner Eva, verzweifelt ein Schiff nach Deutschland zu bekommen. Von Reederei zu Reederei, von Pier zu Pier und Schiff zu Schiff. Es sollte nicht sein.

Also zum US-Konsulat, um ein Visum für die Staaten zu besorgen. Auf Grund meiner Ablehnung in Kanada gab es auch kein Visum für die Staaten. Nicht ganz. Ich konnte ein Transitvisum beantragen. Das heißt die Möglichkeit, von Kanada nach Mexiko zu reisen. Diesen Plan verfolgte ich weiter. Normalerweise kein Problem. Es gab eine wundervolle, der Westküste Amerikas folgende Touristenroute von weniger als 2.500 Kilometer. Durch die Staaten Washington, Oregon und Kalifornien und ihre weltbekannten Städte wie Seattle, Portland, San Francisco, Sao Jose, Los Angeles bis zum Ziel Tijuana. Der Unterschied war, dass ich nicht damit gerechnet hatte, Tourist zu sein, und auch nicht darauf gespart hatte. In der verbleibenden kurzen Frist versuchte ich die noch erarbeiteten Dollars zu sparen. Das Gute an der Sache war, dass ich so meiner zweiten Traumstadt näher kommen konnte, zuerst Hongkong und jetzt Acapulco. Gut, das waren noch einmal an die 3.600 Kilometer durch Mexiko, also zusammen circa 6.000. Aber ich wollte es. Wenn schon, denn schon. Die Amerikaner haben schon damals das Kosten-Sharing praktiziert, also alleine nicht zu ermöglichende Aufgaben, Verpflichtungen und Träume gemeinsam erledigen und die anfallenden Kosten splitten. Zum Bekanntmachen nutzte man damals noch die Zeitung mit ihren Kleinanzeigen. Von Anzeigen jeder Art von Kostensplitting gab es Dutzende. Auch dafür, gemeinsam nach Mexiko zu reisen. Nach einigen Telefonaten hatte ich einen Partner für einen Gesprächstermin ausgesucht. Zu meiner Schande, aber auch ohne eine andere Möglichkeit zu haben, musste ich all seinen Vorschlägen zustimmen. Ich wusste genau, dass mein Budget von etwa 170 Dollar für so eine Reise nicht eingerichtet war. Bei damals so an die 3 Mark 50 pro Dollar waren das also ungefähr 600 Deutsche Mark für Schlafen, Essen, Benzin und die 6.000 Kilometer. Wieder ein trauriger Abschied von den liebenswertesten und in dieser Zeit meine Eltern vertretenden Gastgebern und meiner Eva, der guten Freundin. Gut, ein bisschen mehr. Tränen und auf ein sehr unwahrscheinliches Auf Wiedersehen. Hier möchte ich gerne ein passendes Gedicht von Hermann Hesse zitieren:

Stufen

Wie jede Blüte welkt
und jede Jugend dem Alter weicht,
blüht jede Lebensstufe,
blüht jede Weisheit auch und jede Tugend zu ihrer Zeit
und darf nicht ewig dauern.

Es muss das Herz bei jedem Lebensrufe
bereit zum Abschied sein und Neubeginne,
um sich in Tapferkeit und ohne Trauern
in andre, neue Bindungen zu geben.

Und jedem Anfang wohnt ein Zauber inne,
der uns beschützt und der uns hilft zu leben.

Wir sollen heiter Raum um Raum durchschreiten,
an keinem wie an einer Heimat hängen,
der Weltgeist will nicht fesseln uns und engen,
er will uns Stuf' um Stufe heben, weiten.

Kaum sind wir heimisch einem Lebenskreise
und traulich eingewohnt, so droht Erschlaffen,
nur wer bereit zu Aufbruch ist und Reise,
mag lähmender Gewöhnung sich entraffen.

Es wird vielleicht auch noch die Todesstunde
uns neuen Räumen jung entgegensenden,
des Lebens Ruf an uns wird niemals enden ...
Wohlan denn, Herz, nimm Abschied und gesunde!

In diesem Sinne ging es mit einem sportlichen Mustang, einem fremden Begleiter, meiner Adidastasche und einem Koffer in Richtung Seattle. Eine sehr schöne Fahrt. In der Stadt angekommen, zahlte ich großzügigerweise das Tanken, das Essen und die Übernachtung. Laut einer an meinen Vater geschickten und von seiner Gattin, meiner Stiefmutter, heute zurückerhaltenen Ansichtskarte handelt es sich um den 17. Juli 1970. Schon in San Francisco, der nächsten Stadt mit der wundervollen Tram, kam das Aus meiner Ressourcen, aus der Traum und die Wahrheit auf den Tisch. Eine doch sehr, sehr unangenehme Situation. Aber für beide. Dabei hatten wir ein gemeinsames Ziel und erst ein Viertel der Strecke zurückgelegt, also noch über 4.000 Kilometer vor uns. Ganz interessant in diesem Moment war, dass es zwei Personen mit gleichem Ziel und gleichem Gesamtproblem gab. Nur können Lösungen trotz gleicher Ziele ganz anders aussehen. Zwei Personen auf einer gemeinsamen Reise mit dem Ziel, nach Acapulco zu kommen. Einer mit Auto und nicht viel Geld, der andere ohne Auto und ohne Geld, na ja, übertreiben soll man nicht, etwa um die 50 Dollar in bar. Die Optionen für den Ersten waren, mich hier zu lassen, zurück nach Kanada oder ab nach Mexiko, vielleicht auch mit mir. Meine Optionen waren, besser: Meine Option war die Option des Anderen zu akzeptieren und dann weiterzusehen. Als guter Mitmensch entschied sich mein Partner dafür, die Reise fortzusetzen und zwar mit mir. Fortan galt ich als Chauffeur und wir düsten fast nonstop bis Tijuana an der US-amerikanischen Grenze zu Mexiko. Hier angekommen, fragten wir auf Grund der dortigen miserablen Verkehrsbeschilderung nach dem Weg nach Mexicali. Freundlich, wie fast alle Mittelamerikaner sind, meinte ein Englisch sprechender Mexikaner, dass er den gleichen Weg hätte und er uns diesen weisen könne, indem er uns begleitete. Nach gut einer Stunde kamen wir in Ensenada an. Hier verließ uns unser gastfreundlicher Reiseführer mit einer kurzen Ausrede. Mit anderen Worten, wir waren über 100 Kilometer in die verkehrte Richtung gefahren und befanden uns in der größten Stadt der Halbinsel Baja California. Also wieder zurück Richtung Norden. Nicht wie vorher die Küste entlang, sondern jetzt durchs Landesinnere an die 90 Kilometer nach Tecate und von dort aus nochmals 120 Kilometer zum eigentlich anvisierten Ziel Mexicali. Der gesamte Umweg von an die 250 Kilometer hatte natürlich wesentlich zur Verbesserung der Kassenlage und auch zur positiven physischen Verfassung meines Sponsors beigetragen. Von hier aus waren es dann nur noch kurze 2.500 Kilometer bis zum Ziel.

Mein Beifahrer hatte aber trotzdem so viel Humor, dass er am ersten Abend in Mexiko in einer Disco eine Runde Tequila warf. Gut, es war keine Disco im heutigen Sinne, es war mehr ein Tanzschuppen mit mexikanischer Mariachi-Musik. Interessant daran war, dass sich mitten auf der Tanzfläche zwei mit dem Rücken aneinandergestellte Stuhlreihen befanden. Auf jedem dieser Stühle wiederum saß eine mehr oder weniger junge und hübsche Chica, wie man Mädchen auf Mexikanisch nennt. Die Stadt hieß übrigens Hermosillo, was von dem Adjektiv „hermosa" (wunderschön) stammen könnte. Am Ende der Stuhlreihe stand der Verwalter oder Organisator, der vor der Mädchenauswahl für den Tanz seinen Anteil abkassierte. Trotzdem war's eine Riesengaudi und es ging hier nur um Tanz und sonst nichts weiter. Keine Animation, keine Abzocke mit oder ohne Gefummel. Einfach Spaß beim Tanzen ohne das Risiko, sich einen Korb zu holen.

Weiter ging die Reise ab Hermosillo Kilometer um Kilometer durch eine wüstenartige Landschaft auf einer schnurgeraden Straße, die man am Horizont aus den Augen verlor. Auch der Weg in Küstennähe bis hin nach Mazatlán war meist gerade und auch sehr trocken. Das letzte Drittel fuhren wir über Manzanilla direkt an der Küste entlang bis nach Acapulco. Die Stadt Nummer zwei meiner Träume war erreicht. Links befanden sich die Fünf-Sterne-Hotels der „Wer ko, der ko" (auf Deutsch: „Wer kann, der kann") und rechts davon von denen, die überhaupt nichts ko. Reichtum und Armut direkt nebeneinander, wie es eben in den meisten weniger entwickelten Ländern war und bis heute noch ist.

8.

Somit war dies für mich eine bereits verschiedene Male getestete Grundsituation, aber doch mit kleinen, aber wesentlichen Nuancen: mit Tasche und Koffer, ohne Geld, ohne Unterkunft in einem anderen Land und in einer anderen Stadt. Gut, mein Kumpel, der Arme, gab mir noch 50 Pesos zum Überleben. Bei der Option links oder rechts fällt mir immer noch die Hauptbahnhofgegend ein, was hier aber eine völlig andere Bedeutung und Tragweite hatte. Links Reich und Schön und rechts Arm und weniger Schön. Meine Sprachkenntnisse hatten die schon geschilderte, vor einigen Jahren vollzogene Kurzflucht vor meinem Vater nach Spanien als Basis. Wohin mit mir? Die Fakten: Ich war nicht reich, aber auch nicht hässlich. Als logische Konsequenz folgte daraus, die Unterkunft und das Essen auf der rechten Seite der Straße zu suchen und das Gesellschaftliche und die Zukunft auf der linken. Ganz einfach, oder? Nein, im Moment bestimmt nicht, aber alternativlos. Schon wieder!

Also kurzum eine billige Absteige gesucht, ein paar Tortillas und Enchiladas an einer Straßenbude verschlungen, geduscht, umgezogen, parfümiert und wie ein Chamäleon auf in den Kampf auf die andere Seite der Straße. Mein damals schon Premium-Parfüm der Marke Aramis hat in der Zwischenzeit die Generation gewechselt. Mein ältester Sohn lockt heute seine Opfer damit. Es ist wissenschaftlich erwiesen, dass noch vor Schönheit, Reichtum und Intelligenz der Geruchsinn die Hauptverantwortung bei der weltältesten Naturfunktion fast aller Lebewesen, dem sich näher Kennenlernen von Weiblein und Männlein und dessen eventuellen Folgen, trägt. Ohne dass mir dies damals bewusst war, kam wieder mein Schutzengel, vielleicht im Geiste dieses Duftes, und unterstützte mich durch Erste Hilfe. Ich muss hier auch ganz ehrlich sagen, dass mein damaliges Vorgehen zum großen Teil intuitiv aus dem Bauch kam und taktische Überlegungen wenig oder gar nicht vorhanden waren. Mit meiner weißen Tasche und Badesachen ging ich stolzen Hauptes durch das Foyer des Hotels, an der Rezeption vorbei Richtung Strandausgang. Dort gab es einen schön gepflegten Strand, der bis zum Wasser hin mit einem Zaun abgesperrt war. Die durch die dort herrschende soziale Ungleichheit motivierte Kriminalität und ihre Ausführenden, meist kleine Kinder oder Jugendliche, kamen natürlich trotzdem durchs Wasser an den Hotelstrand, wurden aber vom Wachpersonal diskret im Auge behalten. Ich transformierte mich kurzerhand in einen Badegast des Hotels, ganz offensichtlich Sohn eines wohlhabenden Europäers. Jung, blond, bleichgesichtig und am Strand eines Fünf-Sterne-Hotels, was soll er sonst sein? Arm bestimmt nicht. Aber, wie schon gesagt, auch nicht ganz hässlich. Auf geht's. Schwimmen und mein bis heute fröhliches Wesen und Gemüt mit einem Lachen nach außen bringen. Die anderen Besucher teilhaben lassen an meinem Glück. Es dauerte auch nicht lange, bis sich in etwa gleichaltrige Jungs und Mädchen mit mir beschäftigten. Man darf auch nicht vergessen, ich war in Mittelamerika. Hier lachen dich die Leute noch an und schauen sich in die Augen, wenn sie sich begegnen. Zu der Zeit für mich eine der gastfreundlichsten Regionen dieser Erde.

Meine interessante und fast wahre Geschichte als mehrmonatiger Weltreisender war, gerade erst aus Kanada und den USA eingetroffen zu sein. Der Haken dabei war, dass ich ja nicht im etwa zwanzigstöckigen Paraiso Marriott Hotel wohnte, sondern down under auf der anderen Seite. Doch wie immer kam die Erleuchtung. Mein Papa, der die Reise natürlich finanzierte, wollte, dass ich sofort nach Hause komme. Das wiederum wollte ich aber nicht und konnte daher, auf die Finanzen achtend, nicht im Hotel wohnen. Wie in Mittel- und Südamerika üblich, wohnen fast alle bis zur Hochzeit bei Mama und Papa und deshalb konnten sie meine Lage und Entscheidung auch nachvollziehen bzw. glauben. Wer wollte nicht einmal alleine, ohne elterliche Begleitung und in dem Alter das Abenteuer einer so großen Reise erleben?

Schon am nächsten Tag fragte man mich, ob ich nicht Interesse hätte, auch Mexico City oder besser La Ciudad de México kennenzulernen. Ich zierte mich ein wenig und verwies auf meine Finanzen. Mir war es natürlich nicht entgangen, dass eines der hübschen mexikanischen Mädels mit dem Namen Ana Maria ein besonderes Interesse an mir oder vielleicht an meinem Parfüm hatte. Also ließ ich mich überreden, als deutscher Ehrengast die Einladung anzunehmen. Puhh, das war aber mal wieder ganz, ganz knapp! Gut, die Spelunke zum Übernachten konnte ich bezahlen und beim Essen und Trinken war ich ja sowieso spesenfrei, da immer automatisch eingeladen. Meine Herberge bekam klarerweise niemand zu sehen. Wir hatten uns im Hotel zur Abreise verabredet. Vorab aber, am Nachmittag, war ich noch zu einer ganz besonderen und jedem zu empfehlenden Touristenattraktion eingeladen. Ein Reporter der „Süddeutschen Zeitung" beschrieb das Erlebnis folgendermaßen:

„‚Clavadistas' nennt man die mexikanischen Klippenspringer, die in Acapulco von einem circa 40 Meter hohen Felsvorsprung, der ‚La Quebrada', kopfüber in eine nur sieben Meter breite und wenige Meter tiefe Spalte im Meer springen. Dafür muss der richtige Moment in der Brandung abgewartet werden, die die Männer nicht richtig sehen, sondern nur hören können. Es soll angeblich jede siebte Welle sein. Dann stürzen sie sich entweder mit dem ‚Schwanensprung' oder dem ‚Todessalto rückwärts' die Klippe hinab. Verletzungen wie Knochenbrüche und Schürfwunden zählen zum Risiko der Klippenspringer, weshalb vor dem Sprung der Segen der Madonna von Guadalupe inmitten der Klippe erbeten wird. Mittlerweile zählt das Klippenspringen zu einem anerkannten Beruf in Mexiko und zieht wagemutige Jugendliche aus dem ganzen Land an. Bevor die ‚Clavadistas' Mitte der 40er Jahre als Touristenattraktion entdeckt wurde, zählten die Sprünge in die ‚Todesschlucht' zum Alltag der Fischer von Acapulco. Wenn sich ihre Angelschnüre verheddert hatten, sprangen Jugendliche hinunter, um sie zu lösen. Zuerst nur aus niedriger Höhe, später wurde daraus eine Mutprobe, heute ist es eine Attraktion. Touristen bezahlen dafür, den mutigen Springern in mehrmals täglich stattfindenden Shows bei der ‚Arbeit' zuzusehen. Besonders spektakulär sind die Absprünge bei Nacht, wenn sich die ‚Clavadistas' mit Fackeln in der Hand in die Tiefe stürzen."

Und dann, gleich danach, meinem Traum Acapulco, dem Hotel – dem links und dem rechts der Straße – ein Ade ohne

Sehnsucht. Die Welt schon fast wieder in Ordnung, in einer Luxuskarosse mit vielen unbeschwerten Jungs und Mädels. Vor allem die eine, die Ana Maria mit ihren schönen, lächelnden dunkelbraunen Augen und den bis zur Hüfte reichenden und ihre tolle Figur betonenden langen schwarzen Haaren. Trotz Problemen und der noch unvorhersehbaren Zukunft hatte mein Bauch doch Platz für Schmetterlingsgefühle, auch ohne zu berücksichtigen, dass er von Speisen nicht gerade überfrachtet war. Das Positive daran, man wird nicht dick. Die Eltern der Kids waren natürlich auch dabei. Aber sie waren, wie sie heute sagen, so richtig relaxed. Liebevolle Eltern, so wie man sich richtige Latinos vorstellt. Fast eine Fortsetzung meiner kanadischen Pflegeeltern. Die 300 Kilometer Fahrt über Guanavaca bis Mexico City war eine Gaudi, auf Hochdeutsch: ein Riesenspaß!

In der Stadt angekommen, trennten sich die Autos und auch die mitreisenden Kids wurden verteilt. Ja, da blieb natürlich einer über: ich. Für die Gastgeber keine Überraschung. Sie brachten mich im Hause des Onkels meines Flirts unter, der ebenfalls dabei war. Der Anfang war gemacht, die Sorgen über die Zukunft übergab ich meinem lieben Gott und dem Schlaf der Nacht. Beim Frühstück dann lernte ich die Familie besser kennen. Die Mama – der A. Schwarzer würden die Haare zu Berge stehen – war zu Hause und kümmerte sich um die drei K: Kinder, Kirche und Küche, und war glücklich. Wenn ich da heute unsere gestressten, einem Burnout-Syndrom nahestehenden Mamas mit Kita, Hort, Ganztagsschulen und dem hausinternen Streit darüber, wer macht was, ansehe ... Na, ich weiß nicht so recht. Wo ist da das glückliche und von Liebe erfüllte Heim der zu liebenden Kinder geblieben, wo Ehe und Familie noch für jeden etwas Gutes hatte? Gut, die Familie Cerdio hatten als wohlhabende Gastgeber selbstverständlich auch die entsprechenden Hilfen in Haushalt, Garten usw. Der Vater hatte eine Importfirma und einen Großhandel für Seidenstoffe und war vor allem in der Regierung der Verantwortliche für Einfuhrgenehmigungen. Das Wort Korruption gab's nicht. Die Gewinnverteilung an die Beteiligten gehörte zum Geschäft und niemand der Involvierten fand etwas anstößig daran. Als man in dieser Angelegenheit vor ein paar Jahren Siemens zum Sündenbock auserwählte, hätte man mit Sicherheit die Schamesröte aller Topmanager weltweit sehen können, sofern das im Management physikalisch überhaupt möglich ist. Denn so wird der Gewinn eben nur mehr konzentriert ganz wenigen zufließen. Die damalige Regierung Mexikos mit ihrem Präsidenten Luis Echevarria folgte der absoluten autoritären Terrorherrschaft von Präsident Gustavo Días Ordaz. Er war verantwortlich für das große Massaker im Jahr 1968 bei den Olympischen Spielen in Mexiko, als er gegen demonstrierende Studenten das Feuer eröffnen ließ, durch das über 350 junge Leute getötet wurden. Er wurde dafür nie zur Verantwortung gezogen.

Aber zurück zur typisch südländisch-traditionellen Gastfamilie in die Ciudad de México. Das Lustige ist, dass ich bei der Aussprache von „México" immer an die Schweizer mit ihrer „ch"-Aussprache denke. Das „x" wird hier nämlich genauso ausgesprochen. Jetzt weiß ich auch, woher das Landeszeichen für die Schweiz, das „CH" kommt – vom „ch" der Aussprache, oder ist es doch andersherum?

Nach einigen gemeinsamen City-Besuchen bekam ich ein Gefühl für meine geografische Umwelt. Bis heute kann ich mich an den Namen Avenida de los Insurgentes del Sur e del Norte erinnern. Es ist die sechsspurige Hauptstraße von Mexico City mit 28,5 Kilometern Länge. Ich glaube, bis heute noch die längste Straße in einer Stadt weltweit. Und dabei war ich immer stolz auf die Münchener Ludwigs- inklusive Leopoldstraße. In der Nähe des Stadtzentrums dann der riesige grüne Park von Chapultepec („Tschapultepek" für die Bayern) mit dem Zoologischen Garten, dem ältesten Zoo Amerikas. Er wurde angeblich bereits von König Nezahualcóyotl (wer kann's aussprechen?) im 15. Jahrhundert angelegt, also noch bevor die ersten Spanier in Mexiko eintrafen. Dann der Botanische Garten, das riesige Auditorio Nacional, die Nationale Konzerthalle mit einer Kapazität für 15.000 Besucher, das Museum für moderne Kunst und der Lago mit vielen kleinen, zu leihenden Booten und einem fantastischen Restaurant mit mexikanischer Musik und Tanz, wo es uns Verliebte ab und zu hinzog.

Meine reizende Ana Maria war genauso verliebt in mich wie ich in sie. Eine Mittelamerikanerin mit all den ihr in Deutschland zugeschriebenen und bekannten Attributen. Wir flirteten, was das Zeug hielt. Aber stopp! Wir waren hier in einem der christlichsten Länder der Welt. Also auf Neudeutsch: Quickys oder One-Night-Stands waren ein No-Go. Wer Freude haben wollte, musste auch dafür bezahlen und heiraten. Hier wurden die Gebote diesbezüglich und das, was ich auch schon in München unter die Frauen bringen wollte, noch eingehalten. Gut, es gab noch keine Kleenex, aber irgendwo ging auch das hin (wer den Film „Verrückt nach Mary" gesehen hat, weiß, dass man die Millionen Fortpflanzungszellen auch als Haargel verwenden kann). Ein heute oder besser seit Kinseys Sexualforschung als Petting bekannter Vorgang. Da fällt mir wieder die Zollkontrolle an der französisch-spanischen Grenze auf der Flucht vor dem Zorn meines Vaters ein. Ich hatte eine Illustrierte mit einem Reisebericht und auf dem Titelblatt eine Dame im Badeanzug im Koffer. Sie wurde wegen unsittlichen Inhalts konfisziert. Wie sich die Zeiten doch ändern …

An den Wochenenden fuhren wir immer in die Wochenendvilla der Eltern nach Guanavaca, von Mexiko-Stadt rund 85 Kilometer nach Süden. Guanavaca ist ein beliebtes Wochenendgebiet. Viele Mexikaner, vor allem die ärmeren, haben dort wegen des milden Klimas ihre Zweitwohnung und so findet man hier schöne Villen oder Haciendas mit großen Gärten. Schon Hernán Cortés und Kaiser Maximilian verbrachten in Cuernavaca die Sommermonate. Auch bei Amerikanern und deutschen Hartz-IV-Empfängern ist der Ort heute beliebt, um die Wintermonate zu verbringen und wie ich dem Ein-Euro-Schneeschipper-Job zu entkommen. Wir badeten im Pool, Ana Maria und ich. In der Hängematte konnten wir uns auch in der Nähe der Eltern näher kommen. Sie spielte auf der Gitarre und sang dazu. Bei dem Klima kommt man da leicht ins Schwitzen. Das Leben war romantisch, wir waren glücklich und so, wie Gott und die von ihm geschaffene Natur es wollte.

Und nun zu dem Leiden der Menschheit und der daraus hervorgehenden apokalyptischen Untergangszusage seit der Vertreibung aus dem Paradies: dem Kapital. In meinem Falle war besser von Geld oder ganz wenig Geld zu sprechen, aber noch nicht von meinem finalen Untergang. Vielleicht war die Vertreiberin, die Schlange, doch nur die menschliche Gier. Dazu möchte ich doch gerne ein Gedicht aus der TV-Sendung „Neues aus der Anstalt" vom 26. März 2011, meinem 64. Geburtstag, zitieren.

Was ist das für ein Tier, die Gier? Es frisst in mir und frisst in dir. Will mehr und mehr und frisst uns leer. Wo kommt es her, das Tier, und wer erschuf sie nur, die Kreatur? Wo ist es nur, das finstre Loch, aus dem die Teufelsbestie kroch? Die sich allein dadurch vermehrt, indem sie dich und mich verzehrt?
Und wann fängt dieses Elend an, dass man genug nicht kriegen kann? Und plötzlich einfach so vergisst, dass man doch längst gesättigt ist. Und weiterfrisst und frisst und frisst.
Und trifft dann so ein Nimmersatt auf jemand, der etwas hat, was er nicht hat und gar nicht braucht, dann will er's auch.
Wie? Das soll's schon gewesen sein, nein, nein, da geht bestimmt noch etwas rein. Und überhaupt, da ist doch wer, der frisst tatsächlich noch viel mehr. Und plötzlich sind sie dann zu zweit, die Gier und ihre Brut – der Neid. Das bringt mich noch mal ins Grab, das der was hat, was ich nicht hab', dass der wo ist, wo ich nicht bin, das will ich auch, da muss ich hin. Warum denn der, warum nicht ich, was der für sich, will ich für mich. Der lebt in Saus und lebt in Braus, mit Frau und Hund und Geld und Haus, und hängt den coolen Großkotz raus und dies wahrscheinlich auf Kredit. Der protzt und prahlt und strotzt und strahlt. Wie der schon geht, wie der schon steht, wie der sich um sich selber dreht. Und wie der aus dem Auto

*steigt und alle Welt den Hintern zeigt. Und seine Frau ist ganz
genauso arrogant und degoutant.*

*Und dann die Blagen, die es wagen, die Nasen so unendlich
hoch zu tragen, da hört er aber auf, der Spaß – so kommt zu
Neid und Gier der Hass. Und sind die erst einmal zu dritt,
fehlt nur noch ein ganz kleiner Schritt, bis dass der Mensch
komplett verroht und den anderen schlägt halb tot. Und wenn
Ihr fragt, wer hat ihn bloß so weit gebracht, dies hat allein die
Gier gemacht.*

Gott sei Dank, diese drei hatten bis heute bei mir noch nie die
geringste Chance. Wenigstens nicht mit mir als Akteur. Dass
sich andere Mitmenschen davon ködern ließen und mir und
meiner Familie deswegen schaden wollten, gut möglich. Aber
auch darüber habe ich mir, Gott sei Dank, noch nie Gedanken
gemacht und werde es auch hier nicht machen: So wie du
über andere denkst, so bist und agierst auch du.

Aber mein momentanes Problem war das finanzielle Überleben, ein notwendiges Übel. Aber hier kam mir auch damals schon eine meiner Stärken zu Hilfe, meine Kommunika-
tionsfähigkeit. (Die anderen hoffe ich noch zu entdecken,
während ich diesen Rückblick auf mein Leben schreibe.) Da
ich seit jeher ein Kaffee- und Kuchenfan bin, zog es mich
eines Nachmittags in die Zona Rosa, ein Stadtviertel unweit
des Stadtzentrums und des Chapultepec-Parks, das seinen
Namen auf Grund der zahlreichen, in rosa Farbtönen ge-
haltenen Häuser erhielt. Aber vor allem war es das Vergnügungsviertel. Hotels, Kaffees, Bars, Restaurants, Nachtclubs
und für die Damen natürlich Shoppen. Hier lernte ich einen

gleichaltrigen Amerikaner kennen, Ed Brennan. Ein typischer blondhaariger und blauäugiger Ami. Situation sehr ähnlich der meinen. Fast. Denn er kam eher aus der Nähe, aus Kalifornien, wohnte im Hotel und hatte ein Cabrio. Einen 1965er 8-Zylinder-Mustang Shelby Cobra mit über 250 PS. Wow, da ging die Post ab! Der brauchte mehr Kupplung als Bremsbeläge, vom Benzin ganz zu schweigen. Wesentlich auch, dass seine Verlobte die Tochter des Bruders des Ex-Diktators Diaz Ordaz, also dessen Nichte war. Wir haben auf Anhieb sympathisiert und nach kurzer Zeit kannte ich seine und er meine Probleme: Aus damaliger Sicht waren das mit Sicherheit, und dies Tag für Tag, sich im Stunden-, Minuten- und Sekundentakt zusammensetzende, neue zu bewältigende Situationen. Aus heutiger Sicht ein Erfahrung, Adrenalin und dadurch Gesundheit und alles andere förderndes Abenteuer. Wie die Jugend heute sagt: ein absoluter Hype!

Nach zwei Tagen entfloh ich dem netten Onkelbau, zog in das kleine Ohne-Sterne-Hotel und teilte mir das Hotelzimmer mit Ed. Die anfallenden Kosten und das Problem existierten nach wie vor, die ich aber in der Folgezeit durch die Umsetzung und den Zugewinn neuer Berufserfahrungen eliminieren konnte. Die Rennbahn für Pferde, der Ed, die Wetten und ich. Kein Vermögen, aber es reichte, um das wenige Verdiente durch den Job im Laden für importierte Seidenstoffe meines Schwiegervaters in spe aufzubessern. Meine geliebten mir nahestehenden Mexikaner glaubten ja an den Kampf meiner Persönlichkeit, mein Hierbleiben und an das Drängen meines Vaters, dass ich nach Hause kommen sollte. Mit der Abschwächung von Papas Kontra konnte ich natürlich auch den plötzlichen Geldsegen begründen. Übrigens fuhr ich das Mustang-Supergeschoss fast immer alleine, da mein Freund meist mit seiner Verlobten unterwegs war. Natürlich standesgemäß mit Limousine und Chauffeur, wer braucht da noch so ein altes Auto.

Einmal war ich zum Reiten eingeladen. Auf einem echten Mustang, mit einem tollen Pferd – und einem tollkühnem Reiter. Außer der Ziege unseres Nachbarn in Harthaus bei München, die uns als Kinder täglich die absolut gut schmeckende und gut riechende Milch geliefert hatte, war ich noch nie so nahe an ein so großes Tier herangekommen (ganz nebenbei, ich hasse Ziegenmilch, vor allem den Geschmack und den Geruch). Aber ein echter „Freund" kennt da kein Wenn und kein Aber. Als ehemaliger Leichtathlet, Geräteturner, Fußballer, 10.000-Meter-Läufer, Skifahrer, Bergwanderer und Radfahrer gab's nur eins: Rauf auf den Gaul! Das Pferd – Respekt! – es lief und lief. Aber es hatte scheinbar so viel Spaß, dass es unter gar keinen Umständen mehr anhalten wollte. Am Horizont konnte ich sehen, dass sich dort zwei kleine Bäche trafen, was das Pferd überhaupt nicht störte, weswegen es meinen Bremsversuchen widerstrebte. Kurz vor dem Wasser sprang ich einfach – oder besser notgedrungen und gezwungenermaßen – ab. Und da hielt auch das Pferd. Die bis heute erste von zwei größeren Narben an meinem Körper, genauer die am Knie, zeugt von dieser sportlichen Leistung.

Ich möchte kurz noch auf die Nachricht des heutigen Tages eingehen und auf Hartz IV und die Ein-Euro-Jobber zurückkommen. Es stehen für diese eventuell große berufliche und damit persönliche Chancen aus. „Arbeitsplätze" – das alles kurierende Allheilmittelwort aus unserer Regierungsapotheke. Nach Aufhebung der Bundeswehr fehlen Pflegekräfte für die Alten und Kranken oder besser, es wird nicht ausreichend Geld dafür bereitgestellt, welche einzustellen. Aber gerade da kommt wieder eine der brillanten Regierungswunderideen: Unser unerschöpflicher Reichtum an nichts mitzubestimmen habenden Hartz-IV-Sklaven. Nach Gartensäuberung, Schneeschippen und dem Auflesen von Hundekot nun als logische Konsequenz die Altenpflege. Nach den vorhergehend gewonnenen Berufserfahrungen genau der richtige Arbeitsplatz. Die Politik war wenigstens so ehrlich, dass sie eine Vertuschung der Wertigkeit unserer Alten und Kranken gar nicht für nötig hielt oder deren gewohnt lahme Reaktion schon mit einkalkulierte. Alt, krank, Jahr für Jahr ärmer, enttäuscht von den lebenslangen und selten eingehaltenen Versprechen. Die gehen doch sowieso nicht mehr zum Wählen. Langsam, aber sicher ade, du wunderbarer Sozialstaat. Es lebe die autoritäre Monarchie des Kapitalismus. Netter Begriff.

Jetzt habe ich 40 Jahre in der Geschichte vorgegriffen, wo doch mein Problem gerade im Jahre 1972 liegt: nicht alt, nicht krank, voller Optimismus und noch an alle Versprechen glaubend, aber ein bisschen mittellos. Da mein Future-Schwiegervater eine wichtige politische und wirtschaftliche Position einnahm, war ich mir meiner Aufenthaltsgenehmigung ziemlich sicher. Gut, was könnte sich ein wohlhabender, aus traditioneller Familie stammender liebender Vater mehr wünschen als einen deutschen, den Kitt aus den Fenstern kratzenden Schwiegersohn. So ist es aus heutiger Sicht auch nicht verwunderlich, dass mein Immigrationsantrag nicht angenommen wurde. Große Bestürzung überall und vor allem, und dies ernsthaft, bei meiner Chica bonita, meiner Ana Maria und mir. Wir trösteten uns damit, dass ich nach Hause fliegen würde, um mein Leben zu ordnen, und dann zur Hochzeit wiederkäme. Am Tag meines Abfluges war sie wegen einer Blinddarmoperation im Krankenhaus, schrieb mir aber einen wunderschönen, tröstenden Liebesbrief. Die Überraschung dann in Dunkelrot: ihr „Te quiero tanto, Ana Maria" oder „Ich liebe dich so sehr", geschrieben mit ihrem eigenen Blut. Den Brief konnte ich über Jahrzehnte hinweg-retten. Aber was ist die Obhut und Vorsicht von Jahrzehnten gegen Minuten einer eifersüchtigen Nachfolgerin. Wobei ich in Wirklichkeit nicht mehr weiß, wer es tat.

9.

Unter Tränen ab nach Hause. Aber ganz so einfach war das nicht. Anfang der Achtziger kostete so ein Flug über circa 10.000 Kilometer noch einen richtigen Batzen Geld. Sofort erinnerte ich mich an die diversen, schon durchlebten Möglichkeiten. Transit nach Südamerika. Zuerst über Guatemala nach Nicaragua und dann Brasilien oder Barcelona, das Consulado Geral der Bundesrepublik Deutschland. Meine Traumstadt Nummer drei, Rio de Janeiro mit dem Strand von Copacabana, dem Zuckerhut, der Christus-Statue und dem Samba samt Zubehör ist doch ein wenig zu weit weg und bleibt für ein nächstes Mal. Also auf geht's, zum erneuten Spießrutenlauf und dem Beweis, dass ein junger unglücklicher Steuerzahler in und für Deutschland besser ist als ein unglücklicher, die Flöhe mit den Straßenhunden teilender, deutschstämmiger Sozialfall in Mexico City. Mit Abschiedsbrief, Schmerz im blutenden Herz und der Hoffnung auf ein Happy End mit meiner Ana Maria, Tränen in den Augen, das Ticket und den Schuldschein in der Tasche, das „Hasta la vista, Mexiko!". Dass es ein nunca mas vista sein würde, wusste ich ja damals noch nicht. Ade, Ana Maria, Familie in München, da bin ich wieder.

Ab ging's an die Isar in den Englischen Garten und zum Franziskaner mit seinem Leberkäs. Von den Tapas, Enchiladas und Tequila Sunrise zum Schweinebraten mit selbst geriebenen, rohen Kartoffelknödel, Blaukraut und Radler mit einem Willi (der Birne) oder Omas Wiener Schnitzel mit selbst gemachtem Kartoffel-Gurken-Salat. Ich glaube, alle freuten sich, wenn's nicht so war, könnt ich es auch verstehen. Bei dem permanenten Durchleben von A und O, besser gesagt von Neubeginn und Beenden von Lebensabenteuern, war ich sehr wahrscheinlich mehr mit meinem Innenleben und Seelenheil beschäftigt als mit den Gedanken und Gefühlen meiner, wenn auch sehr geliebten, Familie und meinen Freunden. Ganz speziell, wenn der Schmerz über verlorene Liebe mit von der Partie war.

Schmerz, Liebe, Mexiko und Ana Maria haben mich übrigens wieder in das bei Jugendlichen leicht vergessene Haus Gottes, die Kirche, zurückgebracht. Es ist nicht die Pflicht zum Sonntagsgang, nein, es sind meist die Verzweiflung und die Hoffnung der Worte aus der Predigt, die uns dem Glauben nahe bringen. Wenn wir uns in Saus und Braus nur um uns drehen, ist meist und speziell in jungen Jahren der liebe Gott gleich vergessen. Hier fällt mir gerade ein, dass mir Ana Marias Oma bei unserer Verlobung erzählte, warum sie sich mit ihrem Mann vermählt hatte. Seine Klavier spielenden Hände hatten sie als junge Frau, fast noch ein Kind, so verzaubert, dass sie sich komplett in ihn verliebte, ihn eroberte und sie bis dato zusammen glücklich lebten. Das ist eine seltene und wirklich romantische Liebesgeschichte.

Wieder zurück zu den Weißwürsten, den Biergärten und blonden bayerischen Madln. Na, bei Letzteren ging's dann doch nicht ganz so schnell. Und meine Freunde, wo waren die eigentlich, lebten die noch? Aber sicher, sie hatten das Programm mit dem Chemieingenieur durchgezogen, der Fred und der Gerd. Einer beim Landeskriminalamt, wie im

Krimi auf Spurensuche, und der Gerd hat sich in einem chemischen Großkonzern eingenistet. Nach vielen Jahren haben wir uns dann zusammen mit meinem Bruder Herbert zu einer Schafkopfrunde getroffen. (Natürlich nur für einen Bayern verständlich. Nicht wir waren die Runde Schafköpfe – oder vielleicht nur ganz wenig –, sondern ein Kartenspiel.) Die Gemeinsamkeiten stellten sich als so groß heraus, dass wir uns nie wieder zum Schafkopfen oder sonst irgendwie trafen. Aber da war doch noch mein gleichaltriger Onkel und Freund Matthias. Er saß zu der Zeit gerade nicht in irgendeiner Haftanstalt und freute sich über alle News, wie ich auch. Meine Abenteuer in der Welt und seine in der Unterwelt. Nicht ganz, mehr in der Rotlichtzone. Also nicht ganz in der Hölle, sondern immer noch im Fegefeuer. Zuschauer im Fegefeuer sein ist ja okay, aber selber wollte ich da nicht hinein.

Also, mein neues Betätigungsfeld wurde, man glaubt es kaum … jawohl, die Gastronomie. Aber nicht irgendeine. Nachdem ich in der Zwischenzeit relativ gut in drei Sprachen palavern konnte, fing ich im nobelsten Nightclub Münchens an der Bar an. Dem St. James Club in der Brienner-Straße mit James Graser, Münchens Playboy Nummer eins, als Besitzer. Die „Süddeutsche Zeitung" schrieb über die Münchner Bussi-Gesellschaft zum Thema „Schick, schick, Schickeria – wild und sexy": „Damals gab es noch den legendären Münchner Playboy James Graser, der die vier Grundbestandteile der Schickeria schon früh kongenial verkörperte: wilde Partys, flotte Autos, schneller Sex und saubere Räusche." Um eine Idee davon zu bekommen, hier ein paar Stammtisch-stories. Unser sicherlich vermögendster Stammgast war kein

Geringerer als der Milliardär Flick, Besitzer eines großen Aktienpaketes der Daimler Benz AG, das er damals für circa zwei Milliarden DM an die Deutsche Bank verkaufte. Sein Gesamtvermögen wurde auf etwa 6 Milliarden Euro geschätzt. 1972 war er zusammen mit Otto auf Platz 5 der reichsten Deutschen. Sein Hobby war das Jagen. So kam er immer mit seinen Jagdfreunden in den Club. Er trank seinen eigenen, von ihm schon vorab im Hause gelagerten weißen Moët mit Wasser. Das Besondere an der Sache war, dass der Club nach dem Eintreffen der Gruppe geschlossen wurde. Allen anwesenden Gäste im Hause wurde Dom Pérignon von Moët & Chandon und zum Essen ein in der Pfanne zubereiteter, aus Filetspitzen bestehender Fleischeintopf namens Muckalica serviert. Aber nicht nur den Gästen, nein, auch das gesamte Personal des Hauses durfte sich an den Delikatessen laben. Am nächsten Tag kam der Chauffeur und bezahlte die nicht zu verachtende, in die Tausende gehende Rechnung zusammen mit einem stattlichen Trinkgeld. Dieser prominente runde Tisch oder besser, der runde Tisch mit Promis, Industriellen, Bankern und Schauspielern, aber fast immer nur Männern, hatte so einige Spielchen. Kein Schafkopfen und keinen Skat. Sie nahmen jeder einen der guten alten und wertvollen 50-Mark-Geldscheine, hielten diesen vor sich hin und die Wette galt: gerade oder ungerade. Gemeint war die letzte Nummer des Scheines. Also ganz einfach. War die Münze auf Gerade gefallen, hatten alle, die ungerade Nummern in den Händen hielten, verloren. Na ja, dies im Schnitt alle fünf Minuten und das zwei bis drei Stunden lang, da musste unsereiner schon länger dafür arbeiten. Aber kein Neid. Jeder in der

Gastronomie Arbeitende weiß, was ich meine. Das Trinkgeld war ohne Worte, oder, für den Laien, fantastisch gut und dann kam noch das monatliche Gehalt dazu.

Halleluja, ich hat's geschafft. Again oder wieder einmal. Mein Leben endlich wieder mit Planung in die Zukunft. Wie immer zog ich als sehr sparsamer Mensch erst ins Arabellahaus und dann in ein doch sehr schickes und luxuriöses Ein-Zimmer-Apartment mit großem Balkon im Cosimapark. Nur fünf Minuten von Schwabing entfernt. Schwabing war in dieser Zeit das Vergnügungsviertel in München schlechthin. Alles, was Spaß macht, hier war es zu finden. Cafeterias oder Eisdielen mit Straßentischen und den im Sommer vorbeidefilierenden schönsten Mädels Deutschlands. Verrauchte und gemütliche Bierkneipen für Einheimische und Touristen. Weinlokale mit Krawatten tragenden Spießern samt ihrer mit Schmuck behangenen Gattin sowie Joint drehende Studenten mit locker-leichter Freundin. Die Discos und Nachtclubs mit Livemusik und der Augenweide der zu dieser Zeit mit Minis – ja, richtigen Miniröcken – und hochhackigen Stiefeln gekleideten Girls. Die Schwabinger Spritz'n im Untergeschoss gehörte mit zu meinen Lieblingsorten. München als Universitätsstadt und Touristenziel hatte zu dieser Zeit noch nicht viele, aber trotzdem schon einen kleinen Bevölkerungsmix an Kulturen vorzuweisen. Nach Osten hin der sich über viele Kilometer an der Isar entlang ziehende Englische Garten mit Bächen, Tümpeln, dem Kleinhesseloher See, dem Chinesischem Turm und den vielen anderen lustigen Biergärten mit der urigen Brotzeit, zum Kaufen oder von zu Hause mitzubringen, und einer Maß Helles oder einer

Radlermaß. Viele Tausende Besucher zu Fuß, mit dem Fahrrad oder edel in einer Pferdekutsche genießen im Frühling und im Sommer die immense Blumenpracht in allen erdenklichen Farbtönen und Formen. Die nackten Bäume tragen im Frühling innerhalb kürzester Zeit ihre grüne Blätterpracht und die Kastanienbäume schmücken sich innerhalb von Tagen mit Hunderten von weißen oder rosa Blütenkerzen. Bis zum Wechsel in die Farbenpracht des Mischwaldes im Herbst liegen hier Solo-Herren und -Damen, glücklich verliebte junge und betagte Paare, junge Eltern mit Babys auf ihren Decken zwischen herumtollenden Kindern und genießen ihre Freizeit in der Sonne. Heutzutage macht ein Teil auch auf Freikörperkultur. Viele Vogelarten singen, die Partner lockend und den Tag preisend, wie auch viele Hunde jeder Farbe, Größe und Rasse herumtollen. An der Isar mit ihren sich durch die Strömung immer wieder umformenden Sandbänken, vielen Fischen und Enten werden, je später die Stunde, immer mehr Grillpartys gefeiert. Geburtstage oder ganz einfach fröhliche Feten der Jugend und derer, die sich so fühlen. Wobei sich das Stillen der Fleischeslust nicht exklusiv auf das Barbecue beziehen muss. Keine Raubtiere, keine Schlangen, vielleicht ein paar Igel, Schafe oder Eulen, da kann so ein kleines Abenteuer gleich hinter dem Waldesrande ganz romantisch und aufregend sein. Zwar offiziell unter Strafe, aber wer hat's noch nicht an diesen und anderen bekannten, die Versuchung und das Adrenalin fördernden Orten versucht? Das Ganze vielleicht auch noch im hellen Lichte einer Vollmondnacht. Gibt es etwas Schöneres als die von Gott geschaffenen und geformten, in diesem Licht glänzenden Rundungen eines weiblichen Körpers, die durch die Anregung und den leicht kühlenden Abend erzeugte Gänsehaut an ihren Oberarmen und die Erregung ihrer Brüste? Dies alles dann noch verbunden mit der Erregung und Hitze zweier sich liebkosender Liebender.

Stopp! Hier ist einer der wenigen paradiesischen und wirklich lebenswerten Momente in unserem Leben. Die Natur, ja Gottes Wille hat uns ganz gewollt so gestaltet. Körper und Seele werden eins, die Funktion jeder Zelle unseres Körpers lebt diesen Moment und ist dafür vorbereitet, ihn zu leben. Das Wesentliche aber, wie in allem, was gut, schön, glücklich und zufrieden macht, kann mit keinem Geld in dieser Welt gekauft werden. Schon in der Bibel steht, es geht leichter, ein Kamel durch ein Nadelöhr als einen Reichen in den Himmel zu bekommen. Ich sage das nicht aus Neidgedanken heraus. Nein, ich bin überzeugt, dass nur mit der Bescheidenheit des Seins das oben Genannte und von allen meist Gewünschte, also der Himmel oder das Paradies auf Erden, gelebt werden können. Reichtum als Lebensform und Lebensziel lässt keinen Platz für das Einfache und das wirklich Schöne, das wir zu jeder Zeit und überall ganz ohne jeden finanziellen Einsatz um uns herum erleben. Wobei Reichtum natürlich eine relative Vorstellung ist. Die Erfüllung unserer Sehnsucht und Hoffnung und das damit verbundene Glücksgefühl kann logischerweise nur durch das Fehlen des Gewünschten erreicht werden. Wer alles hat, schließt sich automatisch aus. Nach diesem Motto und mit diesem Bewusstsein, dem Glauben an Gott in allem, sehe ich am Morgen zum Fenster hinaus, gehe aus der Haustüre, küsse meine Frau, winke ihr zum Abschied und genieße den Sonnenschein, die Pracht der Blumen und den Gesang der Vögel. Ich danke ihm für dies alles und denke: Dein Wille geschehe und alle meine kleinen und großen Sorgen, die auch ich wie jeder andere habe, sie verlieren an Bedeutung und lassen Kraft für Neues und Notwendiges.

10.

Also wieder auf den Weg zu einem weiteren entscheidenden Ereignis meines Lebens, in die Discothek Capt'n Cook in der Occamstraße. Wie immer guter Laune und guter Dinge, ein Wodka Lemmon oder Cuba Libre und eine Tanzpartnerin gesucht. Da saßen doch zwei, für damalige Verhältnisse sehr exotische Girls. Asiatinnen, wie sich später herausstellen sollte, Koreanerinnen. Lange, glatte schwarze Haare, zeitgemäßes sexy Outfit und ohne Begleitung. Nach kurzer Zeit ging ich an ihren Tisch und forderte zuerst die mit dem für meinen Geschmack zu asiatisch breiten und kantigen Gesicht zum Tanzen auf. Die andere war sehr hübsch und ich glaube, mir fehlte der Mut, gleich sie zu fragen. Erst einmal ein bisschen über das Drumherum erfahren. Nicht lange und ich saß bei den beiden am Tisch. Meine Tanzpartnerin hieß Osu und ihre Freundin Yang Soon. Sie waren auf Urlaubsreise von Berlin nach Österreich mit Zwischenstation in München. Beide in Korea als Krankenschwestern für Berlin unter Vertrag genommen. (Also war der Arbeitskräftemangel in diesem Bereich oder besser, das So-günstig-wie-möglich-Prinzip damals gar kein Thema, nur heute.) Nach Tanz und Tratsch, beide sprachen ein verständliches Deutsch, vereinbarten wir für den nächsten Tag ein Treffen in einem chinesischen Restaurant in der Leopoldstraße. Mein Augenmerk galt der Yang. Sie aber zeigte nicht das geringste Interesse an mir.

Im Restaurant warteten wir dann auf einen weiteren Gast, den angeblichen Freund von Yang. Der wiederum machte nicht gerade den Eindruck von übergroßer Liebe zu ihr. Wie sich später herausstellte, hatte er schon eine Verlobte. Er sagte ihr dies während des Mittagessens an diesem Tag und dass ihre Beziehungen nicht weitergehen würde. Ein Bingo für mich, denn schon änderte sich ihr Verhalten mir gegenüber. Zuerst dachte ich, um den anderen eifersüchtig zu machen. Aber nein, sie war mir gegenüber plötzlich ganz offen. Es kam so weit, dass wir uns nach ihrer Urlaubsrückkehr wiedertrafen und sie nach München und zu mir zog. Ich war wieder verliebt. Meine Yang, auch „Mia" von mir gerufen, speziell und exzentrisch.

Südkorea, damals durch die Kriege eines der wirtschaftlich ärmsten Länder der Welt, aber mit Tausenden von Jahren Tradition und Kultur. Bei der Erziehung, der Selbstbeherrschung, der Ambition, dem Fleiß und Stolz seiner Einwohner war es nur eine Frage der Zeit bis zur Kehrtwende hin zu einem der großen Wirtschaftsländer. Mein Vater wollte einst in die USA auswandern und hatte schon alle Papiere bereit, als der Koreakrieg ausbrach und sich das Gerücht verbreitete, dass die europäischen Immigranten in diesem Krieg eingesetzt werden sollten. Mein Vater, gerade erst aus der Kriegsgefangenschaft entlassen, gab sein Vorhaben sofort auf. Hiermit ist auch meine Reiselust erklärbar: Der Apfel fällt nicht weit vom Stamm.

Mia kam aus der zweitgrößten Stadt Koreas: Busan. Alle Koreanerinnen sandten ihre Gehälter fast komplett als Unterstützung zu ihren Familien, nur meine Mia nicht. Sie wohnte alleine in ihrem Apartment, hatte einen Fernseher und sogar einen deutschen Führerschein und einen dunkelblauen NSU

Prinz. Sie war für eine Koreanerin außergewöhnlich emanzipiert. Wenn ich zu Hause ankam und koreanische Freundinnen waren zu Besuch, standen sofort alle auf und setzten sich erst wieder, nachdem auch ich dies getan hatte. Frisch verliebt, sah ich natürlich keine wesentlichen Unterschiede in Tradition, Kultur und all den sich eventuell daraus ergebenden Folgen. Der wie immer warnenden Umwelt schenkte ich natürlich keinerlei Beachtung. Wie ich dann erfuhr, war meine Bald-Verlobte in Korea schon verheiratet. Sie leitete die auch bald vollzogene Scheidung von Deutschland aus ein. Sie war damals erst 23 Jahre alt und damit etwa zwei Jahre jünger als ich. Für koreanische Verhältnisse war das alles ein sehr ungewöhnliches und ganz und gar den Traditionen widersprechendes Verhalten, was aber für den absoluten Willen und das Durchsetzungsvermögen von Mia sprach. Nach München zu mir umgezogen, bekam sie 100 Meter von unserer Wohnung entfernt einen Krankenschwesterjob in einer Privatklinik, in der sie bis zur Rente auch arbeitete, abgesehen von den von mir mit verursachten Intervallen von längeren Auslandsaufenthalten. Sofort gingen wir den typisch deutschen und auch koreanischen Grundwerten und Aufgaben nach. Schaffe, schaffe, Häusle baue. Bei dem ersten Teil hielt ich immer fleißig mit, bei dem zweiten, na ja, das kommt noch, ist ja auch nicht ganz so einfach.

Zuerst weiter mit unserem Jamesclub und dem Nachtleben. Wobei hier auch meine geliebte Mia ab und zu mit aushalf. Schwer zu sagen, ob um Geld zu verdienen oder mich angesichts der nächtlichen Versuchung im Auge zu behalten oder gar beides. Als Barmann bei James wurde man zur begehrten

Arbeitskraft. Ich hatte bald ein Angebot für das Hotel Bayrischer Hof und das Hotel Bachmeyer am Tegernsee und obwohl ich von beiden schon den Vertrag in der Tasche hatte, fing ich nie dort an, denn mein Bestreben war wie immer die Selbstständigkeit. In diesem Sinne: auf zu neuen Taten!

Warum auch immer oder vielleicht, weil man mir sagte, dass zum Erreichen eines Zieles erst das Ziel da sein muss – was ja auch Sinn macht und logisch ist –, war meines eine Motoryacht. Vielleicht die Erinnerungen an die Seefahrt oder die Gespräche der Stammtischrunde, wo „ein g'scheides Boot" Pflicht war. Des G'scheide geht so ab 45 Fuß, also ab 13 Meter, los. (Hier fällt mir auch das Beispiel ein, das bei jedem Verkaufstraining Verwendung findet: „Wie willst du wissen, welchen Weg du einschlagen und wie du ihn planen und gehen sollst, wenn du dein Ziel gar nicht kennst?") Yachten – ein interessantes Thema, natürlich am interessantesten, wenn man sich eine tolle Überseeyacht mit allem vom Feinsten kaufen kann. Dafür war es leider noch zu früh und noch nicht mein Fall, aber An- bzw. Verkauf oder noch besser, An- und Vermieten. Der spinnt, werden sich manche oder viele gedacht haben. Aus heutiger Sicht war es zumindest nachfragebedürftig: Hochseeyachten mitten in Bayern. An der Isar nur Flöße, aber an den bayrischen Meeren, dem Chiem- und dem Bodensee oder den vielen anderen schönen Seen, der Donau oder am Rhein vielleicht. Nein, nein, schon damals gab es in der Fachillustrierten „Die Yacht" Hunderte von Angeboten aus den beschriebenen Tätigkeitsbereichen Verkauf und Vermietung. Und schon wieder sagte der Bayer: „Auf geht's!"

Eine Büro als Untermieter einer Anwaltskanzlei, im ersten

Stock direkt am Rondell vom Stachus bzw. Karlsplatz gemietet, eine Firma mit dem Namen „Marinus Yachtcharter" gegründet und zum Start bereit. Zur Hilfestellung teilte sich mein Freund Matthias das Büro mit mir. Er verabschiedete sich langsam von seiner Red Light Zone und stieg in den Verkauf und Bau von Swimmingpools ein. Da es weder Existenzgründerhilfe noch Goldvorräte gab und mein Freund nur die Hälfte der Miete bezahlte, arbeitete ich auch weiterhin in der Nachtgastro. Jetzt aber als stellvertretender Leiter im Nachtclub Vibraphon des Hotel Sheratons im Arabellapark in der direkten Nachbarschaft von meiner Wohnung. Sehr schönes Ambiente und auch Boris Becker war unser Gast. Heute das Hotel Westin Grand und ohne Nightclub. Die Werbemedien zu dieser Zeit waren im Wesentlichen TV, Funk, Presse, Outdoor und Flyer. Meine Wahl fiel auf die Presse mit Anzeigen im „Boot" und in der „Yacht" sowie einen wirklich toll aufgemachten Flyer.

Mein Fachwissen war natürlich durch Optimismus pur und von meinen Stewarderfahrungen in der Handelsseefahrt geprägt. Nicht gerade viel aus heutiger Sicht und ohne Businessplan nicht „viable". Aber schon nach kurzer Zeit meldeten sich die ersten Anbieter, darunter auch das sogenannte Millionengeschäft. Ein Schweizer Banker sollte im Auftrag eines argentischen Millionärs, Senhor Krieger aus der Rinderzuchtbranche, dessen Motoryacht „Manu Kai" verkaufen. Der Preis: 3 Millionen US-Dollar. Ein riesiges, an der französischen Mittelmeerküste ankerndes und von Luxus nur so strotzendes Schiff. Wir, Matthias und ich, machten einen Vertrag mit drei Prozent Kommission an die 100.000 Mark. Da glänzten die Augen. Als erstes Problem musste natürlich eine Unterwasserexpertise beauftragt werden. No risc, no fun. Wir suchten einen Wettbewerber mit dieser Infrastruktur, wobei die Bezeichnung „Wettbewerber" von dessen Warte aus eher ein Schmunzeln verursacht hätte. Es handelte sich um die Firma Interplan Yachting in Grünwald. Firmensitz, Büro und Wohnhaus in einer anspruchsvollen Villa im Stil des Nobelviertels im Vorort von München. Als Gesellschafter und Geschäftsführer ein Herr Dieter C., der fortan für weitere 20 Jahre eine immer wieder einschneidende Rolle in meinem Leben spielen sollte. Er, ein Geschäftsmann mit dieser schon vor Jahren gegründeten und scheinbar erfolgreichen Firma. Über viele Jahre hatte er in Brasilien gelebt, sein Sohn wurde dort geboren und ist damit Brasilianer. Das stupste irgendwie mein Innenleben – Brasilien, war da nicht noch irgendetwas? Der dritte meiner Jugendträume: Rio de Janeiro, Sonne, Meer, Samba und die, die es tanzen.

Auweia! Nach wenigen Wochen und den durch Miete, Telefon, Inserate und Expertise verursachten Kosten war eine heutzutage als Insolvenz bezeichnete, damals „unrentabel" und „Pleite" genannte Zukunft vorherzusehen. Herr D. C. wusste natürlich ganz genau von meinem fehlenden Professionalismus und mein Brasilienbegeisterung. Daher machte er mir den Vorschlag, für ihn als – so stand es auf der extra angefertigten Visitenkarte – Generalmanager für Interplan Yachting in Rio de Janeiro zu arbeiten. Ziel war es, die brasilianischen Yachtbesitzer für die Vercharterung ihrer Motor- und Segelyachten an deutsche seebegeisterte Touristen über uns zu gewinnen. Grundsätzlich eine gute Idee und mit einer wesentlich besseren Basis als die momentane. Als Entree ein Vorstellungsschreiben an den Kommodore des Yacht-Clubs von Rio und persönlichen Bekannten von D. C. Der Club in den Häfen von Cabo Frio und Salvador in Bahia ist nach dem Country-Club in Rio de Janeiro der zweitrenommierteste und exklusivste Socialclub Brasiliens.

Mit meiner Mia standen die Zeichen nicht alle auf ganz Grün. Sie hatte den Verlust und die Art der Kommunikation ihres Berliner Unternehmerfreundes immer noch nicht ganz überwunden. Den Tausch zum Abenteurer Maximilian oder vom festen Boden zum fließenden Wasser war auch für sie nicht das Ziel ihrer Immigration ins entfernte Wirtschafts-wunderland Deutschland. Alles war vorbereitet, viel gab es da nicht mehr.

Aber meine mich immer begleitende Adidastasche hat ja bis heute, obwohl aus Plastik, noch überlebt. Ohne große Vor-ansage kaufte ich mir ein Ticket von der Balair, der Billig-flugtochter der Swissair, und flog mit Zwischenaufenthalt in Zürich nach Rio de Janeiro ...

Schon sind die ersten 25 Lebensjahre vorbei und die nächs-ten zehn in Brasilien warten schon.